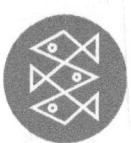

»Eine faszinierende Mischung aus Kriminal- und Gespenstergeschichte« *Michael Kleeberg, Die literarische Welt*

Es ist mitten in der Nacht, als Doruntina an die Tür ihres Elternhauses klopft. Ganz unerwartet habe ihr Bruder Konstantin sie aus dem fernen Böhmen hierher nach Hause gebracht, erklärt sie ihrer Mutter. Aber Konstantin ist seit zwei Jahren tot, im Krieg gefallen wie alle neun Brüder von Doruntina. Die Mutter bricht zusammen. Doruntina aber beharrt auf ihrer Geschichte, die für immer größere Unruhe im Dorf sorgt. Bezirkshauptmann Stres versucht, das Rätsel um Doruntinas Heimkehr lösen, und wird doch selbst immer weiter hineingezogen in die unerklärlichen Umstände.
Ismail Kadares Bearbeitung einer albanischen Volkssage ist eindrückliche politische Metapher, eine brillante Kriminalnovelle und ein spannender Versuch über die Wahrheit in allen Zeiten.

Ismail Kadare, Albaniens berühmtester Autor, wurde 1936 im südalbanischen Gjirokastra geboren. Er studierte Literaturwissenschaften in Tirana und Moskau. Seine Werke wurden in vierzig Sprachen übersetzt, er galt jahrelang als Anwärter auf den Literaturnobelpreis. 2005 erhielt Kadare den Man Booker International Prize. 2015 wurde er mit dem Jerusalem Prize ausgezeichnet. Er war Mitglied der französischen Ehrenlegion und lebte zuletzt in Tirana und Paris. Er starb 2024 in Tirana.

Joachim Röhm lebt als freier Übersetzer in Stuttgart, München und Tirana. Nach einem mehrjährigen Aufenthalt in Albanien Ende der 70er Jahre, kehrte er 1980 nach Deutschland zurück. 2010 wurde er mit dem Jusuf Vrioni Übersetzerpreis der Republik Albanien ausgezeichnet.

Weitere Informationen finden Sie auf www.fischerverlage.de

Ismail Kadare

Doruntinas Heimkehr

Roman

Aus dem Albanischen
von Joachim Röhm

FISCHER
TASCHENBUCH

Erschienen bei FISCHER Taschenbuch
Frankfurt am Main, 2025

Die Originalausgabe erschien 1980 unter dem Titel
»Kush e solli Doruntinën?« bei Shtëpia Botuese Naim Frasheri, Tirana.
Die Übersetzung folgt der 1981 in Ismail Kadare »Vepra letrare 8«
bei Shtëpia Botuese Naim Frasheri veröffentlichten,
leicht überarbeiteten Fassung.
© 1980, Librairie Arthème Fayard
Die deutsche Erstausgabe erschien 1982 in der deutschen Übersetzung
von Joachim Röhm im Residenz Verlag, Salzburg und Wien
Für diese Ausgabe:
© 2025 S. Fischer Verlag GmbH,
Hedderichstr. 114, 60596 Frankfurt am Main
Die Nutzung unserer Werke für Text- und Data-Mining
im Sinne von § 44b UrhG behalten wir uns explizit vor.
Satz: Dörlemann Satz, Lemförde
Druck und Bindung: GGP Media GmbH, Pößneck
ISBN 978-3-596-19180-2

Kontaktadresse nach EU-Produktsicherheitsverordnung:
produktsicherheit@fischerverlage.de

Erstes Kapitel

Stres lag noch im Bett, als er ein Klopfen an der Tür zu hören meinte. In der Hoffnung, das Pochen ersticken zu können, vergrub er das Gesicht tiefer im Kopfkissen, doch es kam wieder. Wer, zum Teufel, will denn zu dieser Stunde etwas von mir, dachte er verdrossen, während er die Bettdecke zurückschlug. Als er die Treppe hinabstieg, pochte es zum dritten Mal, doch diesmal verriet Stres der Schlag des metallenen Türklopfers, wer draußen stand. Er schob den Eisenriegel zurück und öffnete die Tür mit einem Ruck. Auch wenn die Frage »Warum, zum Teufel, weckst du mich zu dieser Stunde?« nicht wirklich fiel, so sprach sie doch aus seinen verquollenen Augen und seiner ganzen Haltung.

»Es ist etwas geschehen«, sagte der Gehilfe schnell.

Stres sah ihn immer noch fragend an, und sein Blick ließ deutliche Zweifel erkennen, ob das Ereignis es wirklich wert sei, dass man ihn mitten in der Nacht störte. Zwar wusste er, dass sich sein Gehilfe in solchen Fällen selten täuschte, und wenn er versucht gewesen war, ihn zu schelten, hatte er stets gut daran getan, seinen Zorn im letzten Moment noch zu zügeln. Jetzt allerdings hätte er große Lust gehabt, ihn gehörig auszuzanken.

»Und was?« fragte er schließlich.

Der Gehilfe streifte das Gesicht seines Chefs mit einem flüchtigen Blick, dann trat er einen Schritt vor, um Bericht zu erstatten:

»Die alte Frau Vranaj und ihre Tochter Doruntina, die

gestern Nacht unter gänzlich mysteriösen Umständen hier angekommen ist, liegen beide im Sterben.«

»Doruntina?« stieß Stres verwirrt hervor. »Wie kann das sein?« – Der Gehilfe atmete erleichtert auf: Die Störung war absolut gerechtfertigt gewesen. – »Wie kann das sein?«, wiederholte Stres, wobei er sich die Augen rieb, als gelte es, den restlichen Schlaf daraus zu entfernen. Er hatte wirklich sehr schlecht geschlafen. Noch nie hatte er erlebt, dass die erste Nacht nach einer ausgedehnten, zwei Wochen dauernden Dienstreise so quälend verlief. Kein Schlaf, nur ein einziges Alpdrücken. »Wie kann das sein?« fragte er bereits zum dritten Mal. »Sie ist so weit entfernt verheiratet, dass sie noch nicht einmal in Trauerzeiten heim zu ihrer Familie gekommen ist.«

»Richtig«, sagte der Gehilfe. »Ich habe Ihnen ja bereits gesagt, dass sie gestern Abend unter gänzlich mysteriösen Umständen hier angekommen ist.«

»Und weiter?«

»Nun, beide liegen im Bett, und zwar in den letzten Zügen.«

»Merkwürdig! Ein Anschlag, ein Verbrechen?«
Der Gehilfe schüttelte den Kopf.

»Ich glaube nicht. Es ist wohl eher der Schock.«

»Hast du sie schon gesehen?«

»Ja. Beide reden ziemlich wirr. Die Mutter fragt: Wer hat dich hergebracht, Tochter? Und diese antwortet: Mein Bruder Konstantin.«

»Konstantin, sagt sie? Konstantin, guter Gott, der ist doch schon seit drei Jahren tot, wie seine anderen Brüder auch.«

»Eben, das war auch die Antwort der Mutter, wie mir die Nachbarinnen, die bei ihr wachen, erzählten. Aber das Mädchen beharrt darauf, kurz nach Mitternacht sei sie mit ihm zusammen angekommen.«

»Merkwürdig«, sagte Stres und dachte dabei: Schrecklich!

Einen Moment lang standen sie einander schweigend gegenüber, bis die Kälte Stres daran erinnerte, dass er noch gar nicht angekleidet war.

»Warte«, sagte er und ging hinein.

Drinnen hörte man die verschlafene Stimme seiner Frau, die sich nach dem Grund der Störung erkundigte, und seine Antwort, die unverständlich blieb. Gleich darauf kam er in der Uniform des Bezirkshauptmanns zurück, die ihn noch größer und schmaler machte.

»Gehen wir also hin«, sagte er.

Schweigend legten sie ein Stück Wegs zurück. Vor einer Tür riefen verstreute Blütenblätter einer weißen Rose in Stres bruchstückhaft einen Traum wach, der sich seltsamerweise in seinen aufgewühlten Schlaf verirrt hatte.

»Das ist ja etwas ganz Außergewöhnliches«, sagte er.

»Fast unvorstellbar«, erwiderte der Gehilfe.

»Ehrlich gesagt, zuerst wollte ich es gar nicht glauben.«

»Das kann ich mir denken. Es ist ja auch unglaublich. Ein wahres Rätsel.«

»Mehr als ein Rätsel«, meinte Stres. »Je länger ich darüber nachdenke, desto unfassbarer erscheint es mir.«

»Vor allem muss man herausfinden, wie Doruntina herkommen konnte«, meinte der Gehilfe.

»Was?«

»Der Schlüssel zu dem Geheimnis ist, dass man herausfindet, wie Doruntina hergekommen ist, mit wem, oder besser, auf welche Art.«

»Mit wem«, wiederholte Stres, »auf welche Art ... Ganz offensichtlich sagt sie nicht die Wahrheit.«

»Dreimal fragte ich sie, wie sie hergekommen sei, aber sie gab keine Erklärung dafür. Sie verschweigt etwas.«

»Wusste sie denn, dass alle ihre Brüder, Konstantin eingeschlossen, tot sind?« fragte Stres.

»Wie soll ich sagen? Ich glaube nicht.«

»Vielleicht wusste sie es gar nicht«, meinte Stres. »Sie zog
nach ihrer Heirat so weit weg ... so weit weg ...«

Zu seiner Verwunderung spürte Stres, wie seine Kiefer
immer schwerer wurden, so dass es ihm plötzlich Mühe
machte, Worte zu formen. Was ist das bloß?, fragte er sich.
Auch seine Lungen fühlten sich auf einmal so eng an, als sei
er in eine Staubwolke geraten.

Er ging schneller, und das half ihm, die Beklemmung zu
überwinden.

»Was wollte ich noch sagen?« fuhr er fort. »Ach ja, sie
zog nach ihrer Heirat so weit weg, dass sie seither überhaupt
nicht mehr zu Hause war. Wenn ich mich nicht täusche, ist
dies das erste Mal, oder?«

»Dass sie selbst nach dem schrecklichen Tod ihrer neun
Brüder nicht kam, zeigt doch, dass sie von dem Unglück gar
nichts erfahren hatte«, sagte der Gehilfe. »Oft genug hat sich
die alte Dame darüber beklagt, dass ihre Tochter selbst in
diesen dunklen Tagen nicht bei ihr sein konnte, weil sie so
weit weg geheiratet hatte.«

»Böhmens Wälder, wo sie mit ihrem Mann lebt, sind
wahrhaftig ein ganzes Stück entfernt«, sagte Stres. »Eine
Reise von mindestens zwei Wochen, wenn nicht mehr.«

»Wenn nicht noch mehr«, wiederholte der Gehilfe. »Das
ist fast im Herzen Europas.«

Wieder fiel Stres' Blick auf die weißen Rosenblüten, die
eine unsichtbare Hand während der Nacht dort an der
Straße ausgestreut zu haben schien. Sekundenlang glaubte
er zu wissen, wo er sie gesehen hatte. Doch der ganze
Traum wollte sich einfach nicht wieder einstellen. Die Stirn
schmerzte ihn sogar. Das musste wohl die Stelle sein, an der

sich der Traum während der Nacht Zutritt verschafft hatte, um später, vielleicht im Morgengrauen, die frische Wunde noch einmal aufzureißen, damit er sich davonstehlen konnte.

»Trotzdem, mit irgendjemand ist sie ja wohl hergekommen«, sagte er.

»Aber mit wem? Die Mutter glaubt ihrer Tochter natürlich so wenig wie wir, wenn sie sagt, sie sei mit dem Toten gekommen.«

»Aber warum sollte sie denn verheimlichen, wer sie begleitet hat?«

»Ich habe keine Ahnung. Es ist schon sehr verwirrend.«

Wieder legten sie ein Stück Wegs schweigend zurück. Die Herbstluft wehte kalt. Ein paar krächzende Krähen flogen in geringer Höhe vorbei. Stres sah ihnen eine Weile nach.

»Wir werden Nässe bekommen«, sagte er. »Die Krähen schreien so, weil ihnen die Ohren vom heraufziehenden Regen wehtun.«

Der Gehilfe warf einen Blick hinüber, sagte aber nichts.

»Du hast vorhin vom Schock gesprochen, der die beiden auf das Sterbebett geworfen habe«, sagte Stres.

»Ja«, erwiderte der Gehilfe, »er muss heftig (er vermied das Wort ›schrecklich‹, weil ihn der Chef für dessen wahllosen Gebrauch gerügt hatte) gewesen sein. Anzeichen äußerer Einwirkung sind nicht festzustellen, also muss eine ungewöhnliche Erschütterung die beiden in Agonie gestürzt haben.«

»Meinst du, die Mutter hat plötzlich eine schreckliche Entdeckung gemacht?« fragte Stres.

Der Gehilfe sah ihn an. Er selber redet daher, wie es ihm passt, dachte er flüchtig, und den anderen fährt er über den Mund.

»Ob die Mutter eine Entdeckung gemacht hat?« sagte er. »Ich glaube eher, beide gleichzeitig haben eine schreckliche Entdeckung gemacht, wie Sie sich auszudrücken belieben.«

Ihre Mutmaßungen über den womöglich wechselseitig verursachten Schockzustand von Mutter und Tochter fortspinnend (Stres' und des Gehilfen tägliches Handwerk ließ die Unterhaltung dem Stil eines Ermittlungsberichts immer näher kommen), spielten sie die Szene durch, die sich um Mitternacht möglicherweise ereignet hatte. Zu ungewöhnlicher Stunde pochte es an die Tür des alten Hauses, und auf die Frage der greisen Dame, wer denn da sei, ließ sich von draußen eine Stimme vernehmen: Ich bin es, Doruntina. Die alte Frau geht, um die Tür zu öffnen, und ganz überrascht und verwirrt, weil sie nicht recht glauben kann, dass sie wirklich die Stimme ihrer Tochter gehört hat, fragt sie, um den Zweifel zu zerstreuen: Mit wem bist du denn gekommen? Schließlich wartet sie ja nun schon seit drei Jahren auf einen Besuch ihrer Tochter, damit sie ihr im Unglück beistehe, doch sie will und will nicht kommen. Von draußen antwortet Doruntina: Mein Bruder Konstantin hat mich hergebracht. Das ist der erste Schock für die Alte. Trotz ihrer Erschütterung bringt sie aber wahrscheinlich noch die Kraft auf, der Tochter zu sagen: Was redest du da, Konstantin liegt ja nun schon seit drei Jahren unter der Erde, wie alle seine Brüder. Das wiederum ist ein Schock für Doruntina, und falls sie tatsächlich geglaubt hat, mit Konstantin gekommen zu sein, gar ein doppelter: Einerseits erfährt sie nun, dass Konstantin und die anderen Brüder tot sind, andererseits wird ihr klar, dass sie auf ihrer Reise von einem Gespenst begleitet worden sein muss. Währenddessen öffnet die greise Mutter mit letzter Kraft die Tür, noch immer hoffend, dass sie sich vielleicht verhört, dass ihr die Ohren einen Streich gespielt haben. Oder dass es vielleicht doch nicht Doruntina war, die angeklopft hat. Ähnlichen Hoffnungen mag sich draußen auch Doruntina hingeben. Doch nein, die Tür geht auf, beide wiederholen, was schon vorher gesagt worden ist, und der Schock nimmt tödliche Formen an.

»Dennoch ist das alles wenig glaubhaft«, sagte Stres.

»Ich teile Ihre Meinung«, erwiderte der Gehilfe. »Aber eines auf jeden Fall ist Tatsache: Beide ringen mit dem Tod, und das beweist, dass zwischen ihnen etwas vorgefallen ist.«

»... etwas vorgefallen ist«, wiederholte Stres. »Ja, natürlich ist etwas vorgefallen. Aber was? Ein grässlicher Bericht der Tochter und eine genauso grausige Enthüllung der Mutter? Oder ...«

»Da ist das Haus«, sagte der Gehilfe, »vielleicht erfahren wir ja hier etwas.«

In der Ferne, am Rande einer Senke, tauchte ein großes, düsteres Haus auf. Die feuchte Erde dorthin war mit gelbem Laub bedeckt. Das Haus, einst eines der größten und stolzesten des Fürstentums, strahlte nun schon von Weitem Verlassenheit und Trauer aus. In den oberen Geschossen waren die meisten Fensterläden geschlossen. Die Gesimse waren an vielen Stellen beschädigt, und der Vorplatz mit den krummen und reichlich vermoderten alten Bäumen wirkte ganz verödet.

Stres musste an die Bestattung der neun Brüder Vranaj vor drei Jahren denken. Schicksalsschläge gab es immer wieder, viele schlimm oder noch schlimmer und manche gar so, dass man meinen mochte, allein der Wahnsinn könne einen vor der Erinnerung daran bewahren. Doch eine solche Tragödie, neun Söhne desselben Hauses innerhalb einer Woche im Sarg, das hatte es, seit man sich erinnern konnte, noch niemals gegeben. Und das nur fünf Wochen nach der prächtigen Hochzeit der einzigen Tochter, Doruntina. Unerwartet war ein normannisches Heer eingefallen, und die neun Brüder mussten in den Krieg gehen. Schon oft, und in größeren und blutigeren Kriegen, waren Brüder gemeinsam ins Feld gezogen. Doch niemals war auch nur die Hälfte von ihnen dort geblieben. Doch das feindliche Heer war diesmal von anderer Art. Die Pest ging darin um, so dass alle, Sieger wie Besiegte, gleichermaßen dahingerafft wurden, manche in der Schlacht, andere, nachdem sie schon beendet war. Viele Familien hatten zwei, drei und manchmal sogar vier Todesfälle zu beklagen, doch neun Opfer gab es nur in einem Haus, bei den Vranaj. Niemandem war ein größeres Begräbnis erinnerlich. Alle Grafen und Barone des Fürstentums waren anwesend, auch der Herrscher selbst, und sogar Grafen und Herzöge aus den benachbarten Fürstentümern hatten sich eingefunden.

Stres konnte sich noch gut an alles entsinnen, und besonders deutlich war ihm das allgemeine Getuschel in Erinnerung: Dass die einzige Tochter, Doruntina, in diesen schweren Tagen nicht bei der Mutter war! Sie allein hatte nämlich von der Tragödie nichts erfahren.

Stres seufzte. Wie rasch waren diese drei Jahre verflogen. Die gewaltigen, an mehreren Stellen angefaulten Türflügel aus Holz standen halb offen. Hintereinander überquerten sie den Hof, vorne Stres und dahinter der Gehilfe, um dann das Haus zu betreten, aus dessen Tiefen Seufzer und schwache Geräusche drangen. Ein paar betagte Frauen, offenbar aus der Nachbarschaft, blickten den Eindringlingen fragend entgegen.

»Wo sind sie?« fragte Stres.

Mit dem Kinn wies eine der Frauen auf eine Tür. Stres ging voran in das geräumige, nur schwach erleuchtete Gemach, in dem, an entgegengesetzten Enden stehend, die beiden Betten zuerst ins Auge sprangen. An jedem Bett saß, vor sich hinstarrend, eine Frau. Die Ikonen an den Wänden und zwei große kupferne Kerzenleuchter auf dem Sims des schon lange nicht mehr benutzten Kamins brachten einen letzten Funken Glanz in die Düsternis des Raumes. Eine der Frauen sah zu den Ankömmlingen herüber. Stres verharrte noch einen Moment, dann winkte er sie heran.

»Wo liegt die Mutter?« fragte er leise.

Die Frau schaute auf eines der Betten.

»Und nun lasst uns ein wenig allein«, ordnete Stres an. Die Frau öffnete den Mund, um zu widersprechen, verzichtete dann aber mit einem Blick auf Stres' Uniform darauf. Sie ging zu ihrer hochbetagten Freundin, und beide verließen schweigend das Zimmer.

Vorsichtig, um laute Geräusche zu vermeiden, trat Stres an das Bett der alten Dame. Ihr Kopf steckte in einer weißen Haube.

»Gute Frau«, sagte Stres leise. »Frau Mutter (so rief man sie seit dem Tod ihrer Söhne gewöhnlich). Ich bin Stres, erkennen Sie mich?«

Sie öffnete ihre Augen, die kalt waren vor Entsetzen und Trauer. Eine Weile hielt er ihrem Blick stand, dann beugte er sich noch weiter zu dem weißen Kopfkissen hinab und flüsterte:

»Wie geht es Ihnen, Frau Mutter?«

Das Zeichen, das sie mit den Augen gab, war nicht zu deuten.

»Doruntina ist gestern angekommen?« fragte Stres.

Die Augen der Liegenden bestätigten es. Dann sahen sie Stres weiter an, als wollten sie etwas von ihm. Der überlegte eine Weile.

»Und wie?« fragte er ganz leise. »Wer hat sie hergebracht?«

Die alte Dame schlug die Hand vor die Augen, und der zur Seite sinkende Kopf zeigte, dass sie das Bewusstsein verloren hatte. Stres griff nach ihrem Handgelenk. Der Puls war kaum zu spüren. Aber er war da.

»Ruf eine der Frauen«, wies Stres leise seinen Gehilfen an. Der verließ das Zimmer und kam gleich darauf mit einer Frau zurück. Stres ließ die Hand der Greisin los und ging mit den gleichen vorsichtigen Schritten wie vorhin zu Doruntinas Bett hinüber. Auf dem Kopfkissen waren nun ihre blonden Locken zu erkennen. Ein vager Schmerz regte sich in seiner Brust, doch blieb er ein wenig abseits, ohne sich mit dem jüngst Geschehenen zu verbinden. Er war alt und ging zurück auf die Hochzeit vor drei Jahren. Als sie inmitten des Hochzeitsgeleits auf dem Brautschimmel davongeritten war, hatte er, Stres, in seinem Herzen einen tiefen, ihm selbst nur schwer erklärlichen Kummer verspürt. Alle waren ja ein wenig traurig, nicht nur die Mutter und die Brüder, sondern die meisten Leute, denn es war das erste Mal, dass ein Mädchen so weit weg heiratete, doch Stres' Kummer war von anderer Art. Und im Augenblick des Abschieds begriff er plötzlich, dass jenes süße Gefühl, das er ihr seit einiger Zeit entgegengebracht hatte, nichts Anderes als Liebe gewesen war, doch keine gewöhnliche, sondern transparent wie Nebel über einer unermesslichen Weite, nirgendwo verdichtet und von ihm selbst in Ruhe eingedämmt. Sie war wie Morgentau, der nur in den ersten Minuten des Erwachens niedergesunken ist und sich dann in den übrigen Stunden des Tages und der Nacht ganz zurückgezogen hat. Nur einen einzigen Augenblick lang hatte dieser bläuliche Nebel begonnen, sich zu einem Wölkchen zusammenzuziehen: bei ihrem Abschied. Doch war dieser Augenblick kurz gewesen und bald in Vergessenheit geraten.

Stres stand ein Weile vor dem Bett und betrachtete Doruntinas Gesicht. Es war so schön wie damals, wenn nicht noch schöner, mit jener Zeichnung der Lippen, die sie schwer und leicht zugleich erscheinen ließ.

»Doruntina«, sagte er leise.

Sie schlug die Augen auf, in denen eine durch nichts auszufüllende Leere war. Stres rang sich ein Lächeln ab.

»Doruntina«, sagte er noch einmal. »Willkommen!«

Sie starrte ihn weiter an.

»Wie fühlst du dich?« fragte Stres langsam und ergriff in einem plötzlichen Impuls ihre Hand. Sie war glühend heiß. »Doruntina«, fuhr er leise fort, »du bist nach Mitternacht angekommen, oder?«

Ihre Augen bestätigten es ihm. Stres wollte die Frage, die ihn quälte, noch ein wenig hinausschieben, doch sie kam ganz von selbst:

»Und wer hat dich hergebracht?«

Ihr Blick unter dem seinen blieb regungslos.

»Wer hat dich hergebracht, Doruntina?« wiederholte er. Seine Stimme klang ihm selbst fremd. Und so schrecklich war die Frage, dass er sie gerne zurückgenommen hätte. Doch es war zu spät.

Ihr Blick, immer noch hoffnungslos leer, ließ ihn nicht los.

Nun gibt es kein Zurück mehr, dachte er.

»Du hast der Mutter gesagt, dein Bruder Konstantin habe dich hergebracht, oder nicht?«

Wieder stimmten ihre Augen zu. Stres suchte nach Zeichen des Wahnsinns darin, doch sie waren noch immer bloß leer.

»Aber ich glaube, du hast inzwischen erfahren, dass dein Bruder seit drei Jahren nicht mehr unter uns ist«, sagte Stres mit der gleichen erloschenen Stimme. Noch ehe er ihre Tränen sah, spürte er sie in sich, denn sie waren von besonderer Art, halb sicht-, halb fühlbar. Unter den Tränen rückte ihr Gesicht noch weiter fort. Was geschieht nur mit mir, fragten ihre Augen, warum glaubt ihr mir denn nicht …?

Stres drehte sich langsam zu seinem Gehilfen und der Frau um, die drüben am Bett der alten Dame standen, und bedeutete ihnen, hinauszugehen. Dann beugte er sich wieder über die junge Frau und streichelte ihre Hand.

»Wie bist du nur hergekommen, Doruntina? Wie hast du diesen langen Weg geschafft?«

Etwas mühte sich ab, ihre unnatürlich geweiteten Augen zu füllen.

Nach einer Stunde brach Stres wieder auf. Er war blass. Wortlos und ohne sich noch jemand zuzuwenden, ging er zur Haustür. Der Gehilfe folgte ihm. Ein paarmal erwog er zu fragen, ob Doruntina etwas gesagt habe, doch er wagte es nicht.

Als sie an der Kirche vorbeikamen, war Stres nahe daran, auf den Friedhof zu gehen, doch im letzten Moment verzichtete er dann doch darauf.

Der Gehilfe spürte die neugierigen Blicke der Leute, die sie auf ihrem Weg begleiteten.

»Die Sache ist nicht eben einfach«, sagte Stres, ohne den Gehilfen anzusehen. »Ich denke, es wird sich herumsprechen und einiges Aufsehen erregen, deshalb muss ich auf jeden Fall der Kanzlei des Fürsten berichten.«

An die
Kanzlei des Fürsten
Dringend!

Ich erachte es für geboten, Sie über ein Ereignis in Kenntnis zu setzen, das sich eben, in der Morgenfrühe des elften Oktober, im edlen Haus der Vranaj zugetragen hat und das von kaum zu ermessender Tragweite sein könnte.

Am Morgen des elften Oktober fand man die alte Dame Vranaj, welche seit dem Heldentod ihrer neun Söhne bekanntlich alleine lebt, in einem Zustand tiefster seelischer

Erschütterung auf, und desgleichen ihre Tochter Doruntina, welche gegen Mitternacht angekommen war, und zwar, wie sie angibt, in Begleitung ihres Bruders Konstantin, der freilich gleich seinen Brüdern vor drei Jahren ums Leben gekommen ist.

Nachdem ich den Ort des Geschehens in Augenschein genommen und versucht habe, die unglücklichen Frauen zu befragen, bin ich, obgleich keine der beiden Anzeichen von Wahnsinn erkennen lässt, dennoch zum Ergebnis gelangt, dass alles, was sie angeben oder andeuten, undurchsichtig und kaum glaubhaft ist. Es sei hier erwähnt, dass sich beide noch unter der Wirkung eines heftigen Schocks befinden, den sie sich gegenseitig zugefügt haben: Die Tochter, indem sie der Mutter gegenüber angab, von ihrem Bruder Konstantin hergebracht worden zu sein, und die Mutter, indem sie ihrer Tochter mitteilte, dass Konstantin wie seine Brüder schon lange nicht mehr von dieser Welt ist.

Ich versuchte mich mit Doruntina zu unterhalten, und was sich ihrem verworrenen Bericht entnehmen ließ, ist in etwa Folgendes:

Es sei vor einigen Tagen gewesen (wann genau, konnte sie nicht mehr sagen), als sie des Abends in der kleinen Stadt in Mitteleuropa, wo sie seit ihrer Hochzeit mit dem Gatten lebt, davon unterrichtet worden sei, dass ein unbekannter Reisender sich nach ihr erkundigt habe. Sie sei vors Haus getreten und habe den Ankömmling, auf einem Pferd sitzend, erblickt, in dem sie trotz des Staubes der langen Reise Konstantin zu erkennen gemeint habe. Als ihr dann der Reisende vom Pferd herab erklärt habe, er sei Konstantin und wolle sie, um sein vor der Hochzeit gegebenes Versprechen einzulösen, zu ihrer Mutter bringen, da sei auch der Rest ihres Zweifels geschwunden. (An dieser Stelle ist es vielleicht gut, an das Aufsehen zu erinnern, das Doruntinas Verlöbnis mit einem Mann aus einem derart fernen Land damals erregte, an die Einwände der meisten Brüder und insbesondere der Mutter, die ihre Tochter nicht so weit fortgeben wollte, an Konstantins hartnäckiges Bestehen auf der Verlobung, der sich schließlich damit durchsetzte, dass er ehrenwörtlich versprach, der Mutter die Tochter zuzuführen, sooft sie ihrer bedürfe.)

Doruntina berichtet, das Gebaren ihres Bruders sei ihr recht merkwürdig erschienen, habe dieser doch weder sich bewegen lassen, ins Haus zu kommen noch auch nur vom Pferd zu steigen, sondern darauf bestanden, so rasch wie möglich mit ihr abzureisen, und auf ihre Frage nach dem Grund solcher Eile, wolle sie doch bei freudigem Anlass erst festliche und bei schlimmer Ursache Trauergewänder anlegen, sei seine Antwort gewesen: Komm, wie du bist! Wohl sei dies unnatürlich und gegen alle Regeln des Anstands gewesen, doch nach drei Jahren in der Fremde, fern von ihren Angehörigen (»Dort war es so unsäglich einsam«, lauteten ihre Worte), sei sie so vom Heimweh geplagt gewesen, dass sie ohne langes Zögern dem Gatten einen Zettel geschrieben habe, um dann hinter dem Bruder auf das Pferd zu steigen. Ihren weiteren Angaben zufolge war die Reise lang, obwohl sie nicht imstande war, die Zeit genau zu bestimmen. Sie sagt, sie entsinne sich nur einer nicht endenwollenden Nacht und vieler Sterne, die in Schwärmen über den Himmel hetzten, doch könnte dieser Eindruck auch auf den raschen Gang des Pferdes zurückzuführen sein, verbunden mit dem Beben, das sie immer wieder befiel. Die Feststellung mag hier von Interesse sein, dass sie sich nicht daran erinnern kann, je bei Tag gereist zu sein. Für diese Wahrnehmung könnte es zwei Erklärungen geben: Entweder hat sie gedöst, hat sie bei Tag geschlafen, so dass ihr nichts in Erinnerung geblieben ist, oder beide haben im Morgengrauen Rast gemacht und schlafend die Nacht abgewartet, um dann erst weiterzureisen. Letztere Annahme würde den eindeutigen Schluss zulassen, dass der Reisende nur nachts unterwegs sein wollte. Das mag bei Doruntina, die zu allem anderen hin sehr müde und aufgewühlt war, die zehn oder fünfzehn Tage und Nächte der Reise (so weit ist es etwa bis nach Böhmen) im Rückblick zu einem einzigen langen, endlos langen nächtlichen Ritt verschmolzen haben.

Da sie sich unterwegs in äußerster Nähe zu dem Reisenden befand, konnte sie gut erkennen, dass seine Haare mehr waren als nur staubbedeckt: Sie waren nämlich lehmverschmiert, und seine Schultern strömten einen feuchten Erdgeruch aus. Mehrmals hat sie ihn danach gefragt, doch hat er geantwortet, er sei bei seinem Ritt mehrmals vom Regen überrascht worden, der den feuchten Staub auf Körper und Haaren schließlich in lehmigen Schmutz verwandelt habe.

Als der Unbekannte (wir wollen die Person, welche die Schwester für ihren Bruder hielt, hier so nennen) mit Doruntina zur Mitternacht des elften Oktober schließlich am Haus der Frau Mutter eintraf, hielt er das Pferd an, hieß sie absteigen und schon ins Haus gehen, er selber werde später nachkommen, habe er doch noch bei der Kirche zu tun. Ohne ihre Antwort abzuwarten, entfernte er sich in Richtung der Kirche und des Friedhofs, während sie auf das Haustor fast zurannte, um anzuklopfen. Von drinnen fragte die alte Dame, wer denn da sei, und als die Tochter sagte, sie sei Doruntina, Konstantin habe sie hergebracht, und als die Mutter erwiderte, Konstantin sei doch schon seit drei Jahren tot, erlitten beide den Schock, der sie aufs Lager warf, von dem sie sich bis heute nicht mehr erhoben haben.

Diese ganze, wie man zugeben muss, äußerst undurchsichtige Geschichte lässt sich auf zweierlei Weise interpretieren: Entweder hat sich jemand aus irgendeinem Grund Dorun-

tina gegenüber arglistig als ihr Bruder Konstantin ausgegeben, um sie zum Mitkommen zu bewegen, oder Doruntina
sagt aus irgendeinem Grund nicht die Wahrheit, weil sie
verheimlichen möchte, wie oder mit wem sie hergekommen
ist. Ich hielt es unter den gegebenen Umständen für geboten,
Ihnen recht ausführlich über das Ereignis zu berichten, denn
immerhin handelt es sich nicht nur um eine der bedeutenden
Familien des Fürstentums, sondern der Vorfall könnte auch
geeignet sein, die Menschen aus dem seelischen Gleichgewicht zu werfen.

Hauptmann Stres

Nachdem er seine Unterschrift unter den Bericht gesetzt
hatte, starrte Stres eine Weile verloren auf die schrägen
Buchstaben. Mehrmals griff er wieder nach der Feder und
beugte sich über den Brief, um noch etwas zu ergänzen, zu
streichen oder zu verbessern, doch jedes Mal erstarrte seine
Hand mit dem Schreibwerkzeug in der Luft, und so ließ er
das Schreiben schließlich, wie es war.

Langsam erhob er sich vom Tisch, steckte den Bericht in
einen Umschlag, versiegelte ihn und rief den Kurier. Als dieser sich dann auf den Weg machte, stand er selbst am Fenster
und schaute ihm lange nach. Dann verspürte er Kopfschmer-
zen, die immer heftiger wurden. Ein Strom von Mutmaßungen wollte sich wie durch eine enge Pforte in sein Gehirn
ergießen. Er rieb sich die Stirn, als könne er dem Fluss der
Gedanken so Einhalt gebieten. Warum sollte irgendein unbekannter Reisender sich so verhalten? Und wenn es sich
nicht einfach um einen Betrüger handelte, dann war alles
noch komplizierter: Was hatte Doruntina zu verheimlichen?
Er ging eine Weile im Zimmer auf und ab, und sooft er am
Fenster vorbeikam, starrte er dem Kurier nach, dessen Rücken auf der Straße zwischen den kahlen Pappeln immer

kleiner wurde. Und wenn es weder so noch so, sondern ganz anders war? Wenn es um etwas geht, das unser Verstand nur schwer zu fassen vermag? Was ist da womöglich in uns selbst verborgen?

Unwillkürlich fiel sein Blick wieder auf die Fensterscheibe. Was ihm sonst stets das Klarste und Unschuldigste auf der Welt war, erschien nun plötzlich voller Geheimnis. Sie zog sich mitten durchs Leben, die Welt teilend und zugleich vereinend. Merkwürdig, dachte er.

Schließlich löste sich Stres aus seiner Erstarrung. Er wandte sich vom Fenster ab, rief den Gehilfen und eilte die Treppen hinab.

»Wir gehen zur Kirche«, teilte er dem Gehilfen mit, als er hinter sich Schritte und Schnaufen hörte. »Wir inspizieren Konstantins Grab.«

»Das ist wirklich eine gute Idee«, erwiderte der Gehilfe, »immerhin geht es bei der ganzen Geschichte ja darum, ob einer aus dem Grabe wiederauferstanden ist.«

»Wie kommst du nur auf diesen Unsinn?« sagte Stres. »Ich habe etwas ganz anderes im Auge.«

Während seine Schritte immer länger wurden, fragte er sich wirklich, warum die ganze Angelegenheit ihn so beschäftigte. Schließlich war kein Mord geschehen oder überhaupt ein Verbrechen, und auch nichts Ähnliches, das seine Pflichten als Bezirkshauptmann berührte. Schon vorhin, als er mit seinem Bericht beschäftigt gewesen war, hatte er sich ein paarmal überlegt, ob er die Kanzlei des Prinzen nicht vorschnell mit einer Lappalie behelligt hatte. Doch da gab es eine innere Stimme, die sich immer wieder meldete und das Gegenteil sagte: Dass nämlich etwas sehr Wichtiges geschehen war, etwas, das sich jenseits von Mord und Verbrechen bewegte und diese im Vergleich zu winzigen Banalitäten machte.

Sie hatten die kleine Kirche mit dem erst kürzlich reparierten Turm schon fast erreicht, als Stres plötzlich die Richtung änderte und den Friedhof betrat, und zwar nicht durch das eiserne Tor vom Innenhof der Kirche her, sondern durch eine schmale, ganz unauffällige Holzpforte. Er war seit einer Ewigkeit nicht mehr auf dem Kirchhof gewesen und fand sich nur schwer zurecht.

»Dort«, sagte der Gehilfe, der ihm folgte. »Die Gräber der Vranajbrüder müssten eigentlich dort sein.«

Stres drehte sich um und ging ihm nach. Da und dort war die Erde locker. Von den kleinen, halb verrußten Heiligenschreinen, über deren Rändern das Kerzenwachs erstarrt war, ging eine ruhige Trauer aus. Manche der Gräber waren mit Moos überwachsen.

Weit vorn schaute sich der Gehilfe zwischen den Gräbern um. Stres beugte sich hinab, um ein zur Seite gesunkenes Kreuz wieder aufzurichten, doch es war so schwer, dass er davon abließ und weiterging. Der Gehilfe winkte ihm von Weitem zu: Er hatte sie endlich gefunden.

Stres ging hinüber. Die Gräber lagen nebeneinander. Die Platten darauf waren alle aus demselben schwarzen Stein und hatten die gleiche Form, die an ein Kreuz, ein Schwert oder einen mit ausgebreiteten Armen zu Boden gestürzten Menschen erinnerte. Am Kopfende eines jeden Grabes gab es eine Aussparung für das Heiligenbild und die Kerze, und darunter stand der Name des Toten.

»Hier ist das Grab«, sagte der Gehilfe mit tonloser Stimme. Stres schaute ihn an und stellte fest, dass er ganz blass geworden war.

»Was ist los?«

Der Gehilfe wies auf das Grab.

»Sehen Sie genau hin«, sagte er. »Die Steine sind verrückt worden.«

»Wirklich?« sagte Stres. Vorgebeugt schaute er lange und aufmerksam auf die Stelle, die der Gehilfe ihm zeigte, dann richtete er sich wieder auf. »Tatsächlich, es ist etwas verrückt worden.«

»Habe ich es Ihnen nicht gesagt?« rief der Gehilfe. In seiner Stimme mischte sich die Befriedigung über die Zustimmung des Chefs mit einem erneuten furchtsamen Beben.

»Aber das will noch gar nichts heißen«, fuhr Stres fort.

Der Gehilfe sah ihn verwundert an: Auch wenn ein Chef in jeder Situation Würde bewahren muss, es gibt auch Augenblicke, in denen es um mehr geht als Ränge und Ämter und alles andere.

Eine abgehärmte Sonne quälte sich durch die Wolken. Ein wenig verwundert schauten sie hinauf, doch keiner gab den zu erwartenden Kommentar ab.

»Das will noch gar nichts heißen«, wiederholte Stres. »Erstens könnten die Steine durchaus von selbst verrutscht sein, das geschieht bei den meisten Gräbern nach einer Weile so. Zweitens, selbst wenn jemand sie verrückt hätte, dann könnte dies immer noch der unbekannte Reisende gewesen sein, der, ehe er verschwand, an den Steinen manipulierte, um vorzutäuschen, dass der Tote sein Grab verlassen habe.«

Der Gehilfe öffnete beim Zuhören schon den Mund, um zu widersprechen, doch Stres ließ ihn gar nicht zu Wort kommen.

»Wahrscheinlich ist er, gleich nachdem er Doruntina am Haus abgesetzt hatte, hierher gekommen«, fuhr er fort, »um die Grabsteine zu verrücken und sich dann davonzumachen.«

Müde überschaute Stres die weite Ebene, als wolle er die Richtung herausfinden, in die der Unbekannte sich entfernt hatte. Drüben sah man das dreistöckige Haus der Vranaj, einen Teil des Dorfes und die Hauptstraße, die sich in der

Ferne verlor. Dieses offene Feld zwischen der Kirche und dem düsteren Haus war in der Nacht des elften Oktober zum Schauplatz des mysteriösen Vorfalls geworden. Geh schon ins Haus, ich habe noch bei der Kirche zu tun.

»So müsste es gewesen sein«, sagte Stres, »wenn sie nicht lügt.«

»Wenn sie nicht lügt?« wiederholte der Gehilfe. »An wen denken Sie, Chef?«

Stres gab keine Antwort. So kläglich die Sonne auch schien, immerhin schaffte sie es nun, von hinten ihre Schatten zu zeichnen.

»Sie ... Doruntina selbst, oder ihre Mutter ... Oder alle anderen ... du, ich ... Was gibt es da zu verstehen?« schnaubte Stres.

Der Gehilfe zuckte die Schultern. Allmählich nahm sein Gesicht wieder normale Farbe an.

»Ich werde diesen Burschen finden«, sagte Stres laut. Nackt und von einem drohenden Pfeifen begleitet kamen die Worte zwischen seinen Zähnen hervor. Der Gehilfe, der ihn seit Jahren kannte, begriff, dass die Leidenschaft, mit der er dem Unbekannten oder des Rätsels Lösung nachjagte, die Grenzen der Pflicht überschritt.

Als sie gingen, schaute der Gehilfe immer wieder auf den Schatten des anderen, der noch deutlicher Stres' inneren Zwiespalt erkennen zu lassen schien als der Besitzer selber. Man hätte manchmal sogar meinen können, dass sich, hingerissen vom Wunsch, das Rätsel aufzuklären, schon jetzt die eine Hälfte seines Wesens gegen die andere erhob.

Zweites Kapitel

Stres erließ einen Befehl, der binnen eines Tages in allen Gasthäusern, an Wegkreuzungen und Furten angeschlagen wurde. Darin verlangte er Mitteilung über jede Wahrnehmung in der Nacht zum elften Oktober, soweit sie einen Reisenden mit einer Frau betraf, ob sie nun gemeinsam auf einem oder auf zwei Pferden oder mit einem beliebigen anderen Verkehrsmittel unterwegs gewesen waren. Falls sie jemand bemerkt hatte, ging es darum, zu wissen, welchen Weg sie genommen, in welchem Gasthaus sie abgestiegen waren, ob sie selbst oder das Pferd beziehungsweise die Pferde etwas zu sich genommen hatten, und möglichst auch, in welcher Beziehung sie zueinander gestanden hatten. Ein Hinweis am Schluss des Befehls bezog sich auf Frauen, die allein, ohne Begleitung gereist waren.

»Jetzt gehen sie uns nicht mehr durch die Maschen«, sagte Stres zu seinem Gehilfen, als der Chefkurier mitteilte, das Zirkular sei selbst nach den entferntesten Orten abgegangen. »Ein Mann und eine Frau gemeinsam auf einem Pferd, das ist doch ein Anblick, der sich einprägt, oder nicht? Und selbst wenn es zwei Pferde waren, letzten Endes kommt das auf das Gleiche heraus.«

»Gewiss«, erwiderte der Gehilfe.

Stres erhob sich und ging zwischen Schreibtisch und Fenster auf und ab.

»Damit stoßen wir ganz sicher auf ihre Spur, außer sie sind auf einer Wolke hergeflogen.«

Der Gehilfe hob den Kopf.

»Daran könnte man bei dieser Geschichte fast denken«, sagte er. »Dass sie durch die Wolken gekommen sind.«

»Denkst du immer noch daran?« fragte Stres lächelnd.

»Jedermann denkt daran«, antwortete der Gehilfe.

»Jedermann darf das, bloß wir nicht.«

Ein plötzlicher Windstoß ließ die Fensterscheiben erzittern und überzog sie mit Regentröpfchen.

»Jetzt wird es richtig Herbst«, sagte Stres nachdenklich. »Mir ist aufgefallen, dass die seltsamsten Dinge im Herbst passieren.«

Im Zimmer kehrte Schweigen ein. Stres stützte die Stirn auf den rechten Handballen und sah eine Weile hinaus in den feinen Regen. Doch es dauerte nicht lange, und inmitten der Leere seines Gehirns meldete sich hartnäckig, drängend die Frage zurück: Wer war der unbekannte Reiter? Ein paar Minuten war da schon ein ganzer Schwall von Mutmaßungen, die kunterbunt durcheinanderpurzelten. Offensichtlich kannte sich der Unbekannte bei der Familie Vranaj aus, wusste um die Tragödie, die das Haus ereilt hatte, wenn nicht in den Details, so doch mindestens in groben Zügen. Er war informiert über den Tod der Brüder und zugleich über Konstantins Versprechen, sein Ehrenwort. Außerdem wusste er, wie man von der Grafschaft in Mitteleuropa nach Arberien gelangte. Aber weshalb das Ganze?, hätte Stres fast laut gerufen. Weshalb hat er es getan? Hat er mit einer Belohnung gerechnet? Auf Entspannung hoffend, öffnete Stres den Mund. Obwohl die Hoffnung auf eine Belohnung als Motiv banal anmutete, war solches nicht von der Hand zu weisen. Schließlich war allgemein bekannt, dass die alte Dame nach dem Tod der Söhne dreimal Boten ausgesandt hatte, damit sie Doruntina herriefen. Zwei kehrten zurück und gaben an, es sei einfach kein Durchkommen gewesen.

Immerhin war es eine überaus lange Reise, und sie führte durch das Gebiet sich bekriegender Stämme. Wie vereinbart, zahlten sie der alten Dame die Hälfte des Lohnes zurück. Der Dritte hingegen blieb verschwunden. Vielleicht war er umgekommen, vielleicht auch zu Doruntina gelangt, aber sie hatte ihm nicht geglaubt. Seither waren zweieinhalb Jahre vergangen, und dass sich Doruntina auf seine Nachricht hin endlich doch noch eingefunden hatte, erschien gänzlich unwahrscheinlich. Vielleicht hatte der geheimnisvolle Reisende tatsächlich im Sinn gehabt, sich eine Belohnung zu verdienen, doch dann stand dies in Widerspruch zu der Tatsache, dass er sich für Konstantin ausgegeben hatte. Nein, dachte Stres, das kommt nicht in Frage. Aber aus welchem anderen Grund war der Unbekannte bei Doruntina aufgetaucht? Ging es um einen banalen Betrug, um sie hernach entführen und in irgendeinem gottverlassenen Winkel als Sklavin verkaufen zu können? Doch dagegen sprach schon das schlichte Faktum, dass er sie hier abgeliefert hatte. Dass er zunächst an eine Entführung gedacht, unterwegs jedoch seine Meinung geändert hatte, war kaum anzunehmen, wenn Stres die Banditen richtig einschätzte, die an der großen Straße ihr Unwesen trieben. Höchstens, dass es sich um eine Familienfehde handelte, um einen Racheakt an ihrer oder ihres Mannes Sippe. Doch auch das war wenig wahrscheinlich. So furchtbar hatte das Schicksal unter Doruntinas Familie gewütet, dass menschliche Gewalt zu keiner Steigerung mehr fähig gewesen wäre. Dennoch mussten die Archive der weit verzweigten Familie, alle Testamente und Nachlässe, die Richtersprüche vergangener Zeiten genau überprüft werden. Vielleicht fand man ja doch etwas, das wenigstens ein Fünkchen Licht auf das Geschehene warf. Und wenn alles nur ein Bubenstreich war, aus Abenteuerlust geboren: allein auf dem Pferd mit einer dreiundzwanzigjährigen Frau durch die Hochländer Europas? Stres seufzte tief. Wie gerne hätte er daran geglaubt, doch er konnte nicht, es ging nicht nach all den Arbeitsjahren, die vornehmlich der Aufklärung von Verbrechen und dunklen Machenschaften gewidmet gewesen waren.

Er grübelte und grübelte, um schließlich wieder auf die ursprüngliche Frage zurückzukommen: Wer war der nächtliche Reiter? Doruntina hatte ihn nicht eindeutig identifizieren können, immerhin aber für Konstantin gehalten, auch wenn er unter all dem Staub kaum richtig zu erkennen gewesen war. Er war nicht abgestiegen, hatte niemand von des Schwagers Familie begrüßen wollen (obwohl man sich doch von der Hochzeit her kannte) und war nur nachts gereist. Also hatte er etwas zu verbergen. Stres hatte Doruntina zu fragen vergessen, ob sie das Gesicht des Unbekannten nicht wenigstens einmal richtig gesehen habe. Das musste er unbedingt nachholen. Eine andere Vermutung, als dass der Reisende etwas zu verbergen hatte, war aber auf jeden Fall unsinnig. Und ebenso unsinnig, ihn für Konstantin zu halten. Doch damit war es nicht getan. Dass er nicht Konstantin gewesen sein konnte, war klar, aber Stres fragte sich inzwischen, ob sie überhaupt … Doruntina war.

Beim Aufstehen warf er fast den Tisch um. Er stürmte hinaus und dann im gleichen Tempo über den Platz. Es hatte zu regnen aufgehört. Da und dort schüttelten tränenüberströmte Bäume glitzernde Tröpfchen ab. Stres eilte mit gesenktem Kopf dahin. Schneller als erwartet war er beim Haustor der Vranaj. Er durchquerte die große Diele, in welcher das Gewimmel der um Hilfe bemühten Frauen inzwischen noch zugenommen hatte, und betrat das Gemach, in dem die beiden Unglücklichen darniederlagen. Schon von der Tür aus erblickte er Doruntinas weißes Gesicht mit den blau umschatteten, reglosen Augen. Wie hatte er nur Zweifel haben können? Sie war es, es waren ihre Augen, ihr Gesicht, und die Ehe in der Fremde hatte nicht mehr bewirken können, als es mit einem Hauch von Rätsel zu überpudern.

Er hatte von ihr geträumt, ohne sich ganz sicher darüber zu sein. Erst kürzlich dann, vor ein paar Nächten, vielleicht. Oder es war einfach ein alter Traum wiedergekehrt. Sie lag halb in einer Schaukel, fast unbekleidet, und trotz seines glühenden Begehrens schaffte er es einfach nicht, sie zu nehmen, entweder wegen der Schaukel, oder weil ihr Schoß irgendwie nach rechts verrutscht war, außerhalb des Körpers.

»Wie fühlst du dich?« fragte er und nahm auf einem Schemel neben ihr Platz. Schuldgefühle peinigten ihn. Wie hatte er nur zweifeln können …

In ihren Augen, die ihn anstarrten, war keine Regung zu erkennen. Etwas derart Unerträgliches lag in diesem Blick, dass Stres ihm auswich.

»Verzeih mir, wenn ich dich noch einmal fragen muss«, sagte er, »aber das ist sehr, sehr wichtig. Verstehst du, Doruntina? Wichtig für dich, für deine Mutter, für uns alle. Also möchte ich dich fragen, ob du das Gesicht des Mannes gesehen hast, der dich herbrachte?«

Doruntina starrte ihn weiter reglos an.

»Nein«, hauchte sie schließlich.

Stres spürte, wie all das Zarte zwischen ihnen zersprang. Er hatte den wahnsinnigen Wunsch, sie bei den Schultern zu packen und anzuschreien: Warum sagst du nicht die Wahrheit, Doruntina? Wie kannst du tage- und nächtelang mit jemand zusammen reisen, den du für deinen Bruder hältst, ohne ihm einmal ins Gesicht zu schauen? Hattest du keine Sehnsucht nach ihm? Hattest du nicht den Wunsch, ihn zu umarmen?

»Wie ist das möglich?« fragte er nur.

»Ich war so aufgewühlt«, antwortete sie. »Als er sagte, er

sei Konstantin und gekommen, um mich abzuholen, hatte ich plötzlich große Angst.«

»Du hast an etwas Schlimmes gedacht?«

»Gewiss! An das Allerschlimmste, an den Tod!«

»Sicher zuerst an den Tod der Mutter, und dann auch an den eines der Brüder?«

»An aller Tod, Konstantin eingeschlossen.«

»Deshalb hast du ihn auch nicht nach dem Lehm in seinen Haaren und nach dem Erdgeruch gefragt?«

»Ja.«

Du Arme, dachte Stres. Er versuchte sich klar zu machen, welches Entsetzen Doruntina bei der Vorstellung ergriffen haben musste, auch nur ein paar Minuten lang mit einem Toten zusammen auf einem Pferd zu sitzen. Und offenbar hatte sie den größten Teil der Reise mit diesem Verdacht zurückgelegt.

»Immer wieder versuchte ich, den Gedanken zu unterdrücken. Das ist mein Bruder, sagte ich mir, und er lebt. Aber ...«

Sie sprach nicht weiter.

»Aber ...«, wiederholte Stres. »Was wolltest du sagen, Doruntina?«

»Irgendwie konnte ich ihn nicht umarmen«, fuhr sie leise fort. »Ich weiß selbst nicht, warum.«

Stres betrachtete ihre Wimpern, die herabgesunken waren.

»Ich hatte ein solches Verlangen, solche Sehnsucht, und doch konnte ich ihn kein einziges Mal umarmen.«

»Kein einziges Mal«, wiederholte Stres.

»Es tut mir so leid, besonders jetzt, da ich weiß, dass er nicht mehr auf dieser Welt ist.«

Ein wenig Leben kam in ihre Stimme, und ihre Brust hob und senkte sich.

»Wenn ich diese Reise nur noch einmal machen könnte«, sagte sie. »Ihn noch einmal sehen könnte!«

Sie war davon überzeugt, zusammen mit ihrem toten Bruder gereist zu sein. Stres wusste nicht genau, ob es nun besser wäre, sie in ihrem Glauben zu lassen oder ihr zu widersprechen.

»Du hast also niemals sein Gesicht gesehen«, stellte er fest. »Nicht einmal, als ihr euch trenntet und er sagte, du solltest schon ins Haus vorausgehen, er habe noch in der Kirche zu tun.«

»Auch da nicht«, erwiderte sie. »Es war so finster, dass man gar nichts erkennen konnte. Und unterwegs saß ich immer hinter ihm.«

»Aber habt ihr denn kein einziges Mal Halt gemacht, um euch auszuruhen?«

Sie machte eine unbestimmte Kopfbewegung.

»Ich kann mich nicht erinnern.«

Stres wartete, bis ihre Augen wieder reglos unter seinem Blick lagen.

»Bist du denn nicht auf die Idee gekommen, dass er vielleicht etwas vor dir verbergen wollte?« fragte Stres. »Er stieg noch nicht einmal vom Pferd, als er dich abholen kam. Und während der ganzen Reise, bei der er stets die Dunkelheit suchte, drehte er sich kein einziges Mal um. Da soll er nichts zu verbergen gehabt haben?«

Doruntina nickte.

»Das habe ich mir auch überlegt«, erwiderte sie. »Aber es war ja eigentlich ganz normal, dass er sein Gesicht vor mir verbarg. Schließlich war er tot.«

»Oder es war nicht Konstantin«, sagte Stres abrupt.

Doruntina sah ihn lange an.

»Das ist das Gleiche«, sagte sie ruhig.

»Das Gleiche?« fragte Stres.

»Dass er nicht mehr lebte, bedeutet, dass er es nicht war.«

»Ich meinte etwas anderes«, erwiderte Stres. »Ist dir denn

nie in den Sinn gekommen, dass es kein lebender und kein toter, sondern ein falscher Konstantin sein könnte, ein Betrüger?«

Doruntina schüttelte den Kopf.

»Niemals«, sagte sie.

»Niemals?« meinte Stres. »Denke gut nach, Doruntina!«

»Jetzt könnte ich es glauben, damals in der Nacht auf keinen Fall«, antwortete sie.

»Aber jetzt würdest du es für möglich halten, oder?«

Sie sah ihm wieder lange in die Augen, und er versuchte vergeblich herauszufinden, was in ihrem Blick vorherrschte: Kummer, Schrecken, Zweifel oder bohrende Sehnsucht. Alles war da und konnte doch diese Augen nicht füllen, sondern ließ noch Raum für etwas anderes, eine Empfindung, die unbekannt war oder doch so wirkte, weil sich darin alles mischte.

»Vielleicht war er es gar nicht«, wiederholte Stres und beugte sich noch weiter herab, als wolle er auf den Grund eines tiefen Brunnens schauen. Von dort unten kam die Feuchtigkeit von Tränen. Stres forschte darin nach einem Bild. Manchmal glaubte er, grau aufdämmernd das Gesicht des Unbekannten zu entdecken. Doch das Grauen war so groß wie der ungeduldige Wunsch, etwas zu erkennen.

»Ich weiß nicht, was ich sagen soll«, flüsterte sie unter Schluchzen. »Ich weiß es einfach nicht.«

Stres ließ sie eine Weile still vor sich hinweinen, dann drückte er ihr sanft die Hand, warf noch einen Blick zur Mutter hinüber, die im anderen Bett wahrscheinlich schlief, und verließ so leise wie möglich das Zimmer.

Die ersten Auskünfte aus den Gasthäusern gingen wenig später ein. Aus Erfahrung wusste Stres, dass sich die Zahl der Berichte bis zum Ende der Woche verdoppelt haben würde. Das lag nicht nur daran, dass die Wirte misstrauischer wurden, nein, auch die Reisenden, die wussten, dass man sie argwöhnisch beobachtete, begannen unwillkürlich, sich wirklich verdächtig zu verhalten.

Allerlei Bewegungen wurden angezeigt, die allergewöhnlichsten, etwa das Kommen und Gehen der Samstägler, wie man die Bauern nannte, die im Unterschied zu den übrigen samstags ihre Waren auf dem Markt feilboten, aber auch die wilden Schlenker der Narren, die allein Stres auch in finsterer Laune ein Lächeln abzulocken vermochten.

In ein paar Berichten glaubte er Stationen seiner letzten Dienstreise wiederzufinden. »Am Abend des siebten Oktober wurde etwa eine Meile entfernt vom Franziskanerkonvent auf der Straße des Grafen ein Mann auf einem Pferd gesehen, der jedoch wegen der Dämmerung nicht genau zu erkennen war. Er hielt etwas auf dem Schoß, ein lebendes Wesen oder ein Kreuz.«

Stres schüttelte den Kopf. Er selbst hatte sich am Abend des siebten Oktober rund eine Meile vom Franziskanerkonvent entfernt auf der Straße des Grafen befunden, allerdings ohne einen Menschen oder ein Kreuz auf dem Schoß. Er schrieb »Nein!« über die Berichte. Nein, ein Mann und eine Frau auf einem einzigen Pferd waren so wenig aufgefallen wie ein Mann und eine Frau auf zwei Pferden oder ein weibliches Wesen, das allein auf einem Pferd oder in einem Wagen gereist wäre. Obwohl die Berichte aus den entfernteren Schenken noch nicht eingetroffen waren, empfand Stres tiefe Enttäuschung, denn er war fest überzeugt gewesen, schnell auf eine Spur zu stoßen. Das kann doch nicht sein, dachte er beim Lesen. Das gibt es doch nicht, dass kein Mensch sie gesehen hat? Hatten denn alle geschlafen, als sie durch die Nacht geeilt waren? Das ist unmöglich, machte er sich selber Mut. Sicher wird sich noch jemand melden, der sie gesehen hat. Wenn nicht heute, dann morgen, und wenn nicht morgen, dann übermorgen. Irgendein Augenpaar wird sich auf jeden Fall finden.

In der Zwischenzeit hatte sich der Gehilfe auf Stres' Geheiß in die Familienarchive vertieft, um nach dem Ende irgendeines Fadens zu suchen, der vielleicht zu des Rätsels Lösung führte. Die Augen verquollen vom unablässigen Durchforsten der Unterlagen, erklärte er Stres am Ende des ersten Tages, das sei eine grässliche Schinderei, und er würde es vorziehen, in des Chefs Auftrag Straßen und Schenken auf Spuren der Gesuchten hin zu überprüfen, statt sich durch dieses Archiv zu quälen. Immerhin handelte es sich um eines der ältesten Häuser Arberiens, und in seinen Urkundenschränken gab es zweihundert und manchmal sogar dreihundert Jahre alte Dokumente, und sie waren in allen möglichen Sprachen und Alphabeten abgefasst, in Albanisch und Lateinisch sowieso, aber auch solche in kyrillischer und gotischer Schrift fanden sich: Alte Eigentumsurkunden, Testamente, Gerichtsurteile, Anmerkungen zum Stammbaum der Familie, der bis auf das Jahr 881 zurückging, Verleihungsurkunden von Orden und Auszeichnungen. Ein Teil des Archivs enthielt den Briefwechsel, und in einem Teil des Briefwechsels ging es um die schwägerschaftlichen Verbindungen. Es handelte sich um einige dutzend Briefe, und Stres' Gehilfe legte jene zur Seite, die mit Doruntinas Heirat zu tun hatten, um sie dann später in aller Ruhe studieren zu können. Etliche waren in gotischer Schrift geschrieben, deutsch wahrscheinlich, und kamen aus Böhmen. Daneben gab es auch Abschriften von Briefen, in denen die greise Dame ihren alten Freund, den Grafen Topia, den Herrscher über das benachbarte Fürstentum, in Familienangelegenheiten um Rat bat, und ebenso die Antworten des Empfängers der Schreiben. Einige der Briefe, die Stres' Gehilfe rasch überflog, ließen erkennen, dass sich die alte Dame über Doruntinas Heirat in ein so fernes Land lange unschlüssig gewesen war und beraten sein wollte. Mit der zittrigen Hand des Alters und fast unleserlich beklagte sie in einem der, wie es schien, letzten Schreiben ihre tiefe Einsamkeit. Die Schwiegertöchter waren, eine nach der anderen, schon lange weggegangen und hatten ihre Kinder mitgenommen, so dass die Unglückliche mutterseelenallein auf Gottes Erdboden zurückgeblieben war. Trotz der Beteuerungen, sie würden zurückkommen, hatte sich keine je wieder blicken lassen, und das war sogar einigermaßen verständlich. Welche junge Frau sehnte sich auch schon in ein Haus zurück, das eher einer Ruine glich und über dem, wie jeder sagte, ein Hauch des Todes wehte?

Stres hörte dem Gehilfen aufmerksam zu, auch wenn, wie diesem schien, die Gedanken des Chefs manchmal abschweiften.

»Und sonst«, fragte Stres schließlich, »was hört man so?«

Der Gehilfe schaute ihn fragend an.

»Dort«, wiederholte Stres. »Ich meine, nicht in den Archiven, sondern bei den Leuten. Was hört man dort so?«

Der Gehilfe breitete die Arme aus.

»Alle Welt redet natürlich von der Sache.«

»Natürlich«, wiederholte Stres, »natürlich. Anders kann es ja auch gar nicht sein«, fügte er nach einer Weile hinzu.

Er verschloss die Schublade seines Schreibtischs, warf die Pelerine über, sagte »Gute Nacht!« und ging hinaus. Sein Heimweg führte an den Mauern und Hoftoren der zweistöckigen Häuser vorbei, die überall emporgeschossen waren, seit das einst wie alle anderen Flecken ringsum kleine und beschauliche Dorf sich zu einer Art Zentrum der Gegend entwickelt hatte. Die Veranden, auf denen die Leute an Sommerabenden nach dem Essen zu sitzen pflegten, waren nun verwaist, und nur da und dort gab es noch ein paar

Stühle und Schaukeln, die man wohl in der Hoffnung auf ein paar letzte warme Tage hatte draußen stehen lassen, wo sie dann vom Winter überrascht worden waren.

Öde lagen also die Veranden da, doch bei den Toren und Mauern waren tuschelnde Mädchen zu sehen, manchmal in Begleitung junger Männer. Im Vorübergehen nahm Stres wahr, wie sie ihr Getuschel unterbrachen, um ihm neugierig nachzublicken. Was in der Nacht des elften Oktober geschehen war, hatte die Fantasie angeregt, ganz allgemein, vor allem aber bei den Mädchen und jungen Frauen. Jede von ihnen, dachte Stres, träumt wohl davon, dass jemand für sie den halben Kontinent durchquert, gleichgültig wer, Bruder oder Fremder, Mensch oder Schatten.

»Und?« fragte ihn seine Frau, als er nach Hause kam. »Habt ihr endlich herausgefunden, mit wem sie hergekommen ist?«

Stres, der gerade dabei war, seine Pelerine abzulegen, warf ihr einen kurzen Blick zu, weil er aus ihren Worten einen Unterton von Ironie herauszuhören glaubte. Groß und blond, schaute sie ihn mit einem verhaltenen Lächeln an, und obwohl Stres seine Frau wirklich mochte, bereitete ihm in diesem Augenblick die Vorstellung Mühe, sie hinter sich auf dem Pferd zu haben. Während Doruntina für eine solche Jagd, mit fliegenden Haaren an den Rücken eines Mannes geschmiegt, geradezu geschaffen schien.

»Nichts«, erwiderte er kurz.

»Du siehst müde aus«, sagte sie.

»Das bin ich auch. Wo sind die Kinder?«

»Sie spielen oben. Soll ich das Abendessen machen?«

Er nickte und sank erschöpft auf den flauschigen Wollüberwurf eines Diwans. In dem großen Kamin umzüngelten ein paar kalte Feuerzungen zwei Eichenscheite, ohne sie richtig entflammen zu können. Stres sah seiner Frau zu.

»Nun musst du dich auch noch um die Suche nach einem Vagabunden kümmern. Als ob du nicht schon genug zu tun hättest«, sagte sie in das Klappern der Töpfe hinein.

Auch wenn sie Doruntina nicht erwähnte, war doch eine gewisse Feindseligkeit dem Mädchen gegenüber zu spüren.

»Da kann man nichts machen«, meinte Stres.

Das Klappern der Töpfe wurde heftiger.

»Wieso ist es überhaupt so wichtig, wer dieses leichtsinnige Ding nach Hause gebracht hat?« redete seine Frau weiter. Diesmal galt der Tadel ihm.

»Warum leichtsinnig?« fragte er friedlich.

»Bist du etwa anderer Meinung?« sagte sie. »Ist für dich eine Tochter nicht leichtsinnig, die drei Jahre lang nur ihr Vergnügen im Kopf hat, ohne auch nur einen Gedanken an die Mutter zu verschwenden, die von einem so grässlichen Schicksalsschlag getroffen worden ist?«

Stres hörte mit gesenktem Kopf zu.

»Vielleicht wusste sie gar nichts davon«, sagte er.

»Ach, sie wusste nichts davon? Wieso ist es ihr dann nach drei Jahren plötzlich eingefallen?«

Stres zuckte die Schultern. Die Abneigung seiner Frau Doruntina gegenüber war alt und bekannt. So hatte sie sich schon öfter geäußert, und einmal, zwei Tage nach Doruntinas Hochzeit, waren sie deshalb sogar in Streit geraten. Warum sitzt du herum wie ein Häufchen Elend?, hatte sie ihn gefragt. Nimmt es dich so mit, dass sie weg ist? Es war das erste Mal, dass sie eine solche Szene machte.

»Sie hat ihre Mutter im Stich gelassen«, fuhr sie fort, »und jetzt plötzlich fällt ihr ein, zurückzukommen, um der alten Frau das Letzte bisschen Lebenswillen auch noch auszutreiben. Das ist wirklich ein schlimmes Los.«

»Sicher«, meinte Stres, »diese Einsamkeit…«

»Wahrhaftig eine höllische Einsamkeit«, fuhr sie fort.

»Die Schwiegertöchter gehen nacheinander weg, die meisten noch mit der Wiege in der Hand, das ganze Haus verödet. Aber das waren immerhin Fremde. Vielleicht war es nicht anständig von ihnen, die Schwiegermutter einfach ihrem Schicksal zu überlassen, aber was soll man schon dagegen sagen, wenn die eigene Tochter den Anfang macht.«

Stres betrachtete den kupfernen Kerzenhalter. Er hatte verblüffende Ähnlichkeit mit dem Leuchter, den er an jenem denkwürdigen Morgen im Krankenzimmer bei Doruntina und ihrer Mutter gesehen hatte. Gefühlsmäßig, so überlegte er, reagiert jeder ganz speziell auf das Ereignis, je nach seinem eigenen Platz im Leben, seinem Glück in Liebe und Ehe, seinem Aussehen, seinem Erfolg oder Misserfolg im Dasein. Da spielten Erlebnisse eine Rolle, geheimste persönliche Motive, die sich die Menschen meistens selbst nicht eingestanden. Alles zusammen bestimmte die Reaktion auf ein Geschehen, und wenn die Leute auch glaubten, sie urteilten über die Dramen der anderen, so drängte in Wahrheit doch nur ihr eigenes Drama aus ihnen hervor.

Am nächsten Morgen erschien ein Kurier der Kanzlei des Fürsten, um Stres einen Umschlag zu überbringen. Er enthielt die Mitteilung, der Fürst habe den Bericht über den Vorfall vom elften Oktober erhalten und Weisung erteilt, alles Menschenmögliche zu seiner raschen Aufklärung zu unternehmen, um zu verhindern, dass, wie Stres ja auch befürchte, Unruhe und Irritation unter der Bevölkerung entstünden.

Die Kanzlei bestand darauf, dass Stres sie unverzüglich informiere, wenn die Angelegenheit als aufgeklärt gelten könne.

Hm, machte Stres, nachdem er die Notiz zum zweiten Mal gelesen hatte. Wenn die Angelegenheit als aufgeklärt gelten konnte ... Das war leicht gesagt, sollten sie doch einmal an seiner Stelle sein.

Er hatte schlecht geschlafen, und der heimliche Groll zwischen ihm und seiner Frau bestand auch noch am Morgen fort. Ohne Zweifel lag er darin begründet, dass Stres, auch wenn er ihrem Urteil über Doruntina nicht direkt widersprochen hatte, doch nicht lebhaft genug an der Verurteilung des Mädchens teilnahm. Der Hauptmann hatte inzwischen gelernt, dass es eigentlich weit besser war, Unstimmigkeiten dieser Art offen auszutragen, als sie im Zeichen der Vermeidung sichtbaren Streites zu unterdrücken, denn Zank mündete schließlich stets wieder in Versöhnung, während Hader, der gar nicht richtig zum Ausbruch gekommen war und deshalb auch nicht behoben werden konnte, noch tagelang nur auf einen Anlass der Bekundung wartete, und da sich solche Bekundungsanlässe in der Regel zum falschen Zeitpunkt am falschen Ort ergaben, waren die Auswirkungen wesentlich verdrießlicher als die eines gewöhnlichen Streites.

Stres hatte das Schreiben der Kanzlei des Fürsten noch in der Hand, als sein Gehilfe eintrat und meldete, der Friedhofswärter habe ihm etwas mitzuteilen.

»Der Friedhofswärter?« rief Stres mit einem vorwurfsvollen Blick. Er wollte eigentlich noch hinzufügen: »Willst du mir immer noch weismachen, dass jemand dem Grab entstiegen ist?«, doch da tauchte in der halbgeöffneten Tür auch schon jemand auf, offenbar der Besucher.

»Dann herein mit ihm«, sagte Stres kalt.

Der Wärter kam, sich ehrerbietig verneigend, herein.

»Und?« schnappte Stres, als der andere keine Anstalten machte zu beginnen.

Der Wächter schluckte schwer.

»Ich bin der Kirchhofswächter, Herr Stres, und wollte Ihnen bloß sagen, dass ... «

»Dass sich jemand an dem Grab zu schaffen gemacht hat?« fiel ihm Stres ins Wort. »Das weiß ich bereits.«

Der Wächter sah ihn ganz verstört an.

»Ich ... ich«, stammelte er, »ich wollte etwas sagen.«

»Wenn es darum geht, dass sich jemand an dem Grab zu schaffen gemacht hat, dann weiß ich es bereits«, unterbrach ihn Stres erneut. Er konnte seine Nervosität nur schwer verbergen. »Aber wenn du sonst noch etwas hast, bitte sehr, ich höre.«

Stres, der damit rechnete, der Wärter werde sagen, Nein, etwas anderes habe er nicht, ließ den Blick wieder sinken, doch zu seiner Überraschung fuhr der Wärter fort:

»Ich wollte eigentlich etwas anderes sagen.«

Stres hob den Kopf und blickte den anderen streng an, um ihn daran zu erinnern, dass dies nicht der Ort für Scherze war.

»So, du hast noch etwas anderes?« In seiner Stimme mischten sich Ungläubigkeit und Ironie. »Dann lass einmal hören.«

Dem durch den kühlen Empfang sowieso schon verschüchterten Wärter entging nicht die Geste, mit der Stres die Schriftstücke weglegte, in denen er gelesen hatte. Sie sagte: Siehst du, wie du mich von der Arbeit abhältst? Du kannst wirklich zufrieden sein! Und nun fang schon an mit deinen Fantastereien!

»Wir sind unwissende Leute, Herr Stres«, sagte er mit schwankender Stimme. »Vielleicht wissen wir nicht, was wir sagen, verzeihen Sie, aber ich dachte, trotzdem, vielleicht ... «

Auf einmal tat er Stres ein wenig leid.

»Rede nur, ich höre«, meinte er ein bisschen freundlicher.

Was soll das? schalt er sich selbst. Was kann der Mann dafür, dass mich diese Geschichte so nervös macht?

»Ich höre«, wiederholte er, »was gibt es also?«

Ein wenig erleichtert holte der Wärter Luft.

»Alle reden davon, dass ein Sohn der alten Dame aus dem Grab gestiegen ist«, sagte er, ohne den Blick von Stres zu wenden. »Da wissen Sie bestimmt besser Bescheid als ich. Die Leute kommen sogar auf den Friedhof und schauen, ob die Steine verrückt sind, aber das ist bloß das eine. Ich wollte Ihnen etwas anderes sagen.«

»Fahr fort«, sagte Stres.

»An einem Sonntag, nicht dem letzten, auch nicht dem davor, sondern früher, kam die alte Dame, wie sie es immer tut, auf den Friedhof, um auf jedem Grab ihrer Söhne eine Kerze anzuzünden.«

»Zwei Sonntage vor diesem?« fragte Stres heftig.

»Ja, Herr Stres. Sie zündete auf jedem Grab eine Kerze an, nur auf Konstantins Grab zwei. Ich war zufällig in der Nähe und hörte, was sie am Grab sagte.«

Der Wärter machte wieder eine kurze Pause, ohne Stres aus den Augen zu lassen. Zwei Sonntage vor diesem, wiederholte Stres bei sich. Also zwei Wochen und etwas, dachte er weiter und wusste selbst nicht, warum.

»Ich habe schon viele Mütter klagen hören, auch sie«, sprach der Wärter weiter. »Aber so kalt wie an diesem Tag ist es mir noch nie über den Rücken gelaufen.«

Stres legte die Hand ans Kinn und konzentrierte sich ganz auf die Worte des Wärters.

»Das war kein Jammern, nicht so ein gewöhnliches Klagen«, fuhr dieser fort. »Es war ein Fluch.«

»Ein Fluch?!«

Wieder holte der Wärter tief Luft. Offensichtlich war er zufrieden, dass es ihm schließlich doch noch gelungen war, des Hauptmanns Aufmerksamkeit zu wecken.

»Ja, Herr, ein Fluch, und gar ein ganz schrecklicher.«

»Wie das? Erzähle!« sagte Stres ungeduldig.

»Ich kann ihre Worte nicht genau wiederholen, weil ich so erschüttert war, aber der Sinn war ungefähr der: Konstantin, hast du mir nicht dein Ehrenwort gegeben, dass du mir Doruntina immer bringst, wenn ich sie brauche? Sie wissen ja vielleicht, Herr Stres, es wissen ja alle, dass Konstantin seiner Mutter geschworen hatte ...«

»Ich weiß, ich weiß«, sagte Stres. »Erzähle weiter.«

»Sie sagte: Jetzt, wo ich ganz verlassen bin auf dieser Welt und keinen Menschen mehr habe, wünsche ich mir, dass du in der Erde nicht vermoderst, denn du hast dein Wort nicht gehalten. Also, das war es ungefähr, was sie sagte.«

Beim Reden starrte der Wärter Stres unentwegt ins Gesicht, doch musste er nun feststellen, dass sich keineswegs fassungsloses Entsetzen über den furchtbaren Bericht darauf spiegelte. Vielmehr verlor sich der Blick des Hauptmanns in zerstreutem Grübeln. Der Wärter wurde wieder unsicher.

»Ich dachte mir, ich komme und sage es Ihnen, weil es Ihnen vielleicht nützt«, meinte er. »Hoffentlich war das nicht falsch.«

»Auf keinen Fall«, beteuerte Stres rasch, »ganz im Gegenteil, es war sehr gut so. Vielen Dank!«

Der Wärter verbeugte sich wieder ehrerbietig. Beim Hinausgehen wusste er immer noch nicht ganz genau, ob sein Kommen nun die Mühe gelohnt hatte oder ein Fehler gewesen war.

Stres saß immer noch geistesabwesend da. Dann spürte er, dass jemand im Zimmer war. Er hob den Kopf und nahm gleichgültig den Gehilfen wahr. Wie konnten wir nur so dumm sein? Wieso haben wir nicht mit der Mutter gesprochen? Mit Doruntina hatte er sich zweimal unterhalten, mit der Mutter dagegen überhaupt nicht. Obwohl auch sie gewiss etwas zu dem Vorfall zu sagen hatte. Das war wirklich ein unverzeihliches Versäumnis.

Stres blickte wieder auf. Der Gehilfe stand immer noch wartend da.

»Wir haben eine unverzeihliche Dummheit gemacht«, sagte Stres.

»Wegen des Grabes? Ich habe einmal daran gedacht, aber ...«

»Was faselst du da?« unterbrach ihn Stres. »Das hat überhaupt nichts mit dem Grab und diesen ganzen Gespenstergeschichten zu tun. Als der Wärter von dem Fluch der alten Dame erzählte, habe ich mich gefragt, wieso wir eigentlich nie mit ihr gesprochen haben? Wie konnte uns nur so etwas Blödes passieren?«

»Stimmt«, erwiderte der Gehilfe zerknirscht. »Da haben Sie recht.«

Stres erhob sich jäh.

»Wir müssen sofort zu ihr«, sagte er, »unseren Fehler so schnell wie möglich korrigieren.«

Gleich darauf waren sie unterwegs. Der Gehilfe hatte Mühe, mit Stres Schritt zu halten.

»Es geht ja nicht nur um den Fluch«, sprach Stres weiter. »Wir müssen überhaupt erfahren, was die alte Dame zu dem Ereignis zu sagen hat. Sie kann bestimmt Licht in das Rätsel bringen.«

»Da haben Sie recht«, sagte der Gehilfe, wobei er so heftig atmete, dass seine Worte wie durch Wind und Nebel anzuschwimmen schienen. »Als ich ihre Briefe las, ist mir etwas aufgefallen ... Es geht etwas daraus hervor ... Aber davon werde ich Ihnen später berichten ... Ich bin mir noch nicht ganz sicher ... Außerdem, es ist völlig ungewöhnlich ...«

»So?!«

»Ja ... Aber vorläufig möchte ich Ihnen noch nichts sagen ... Ich muss erst noch den Rest des Briefwechsels durchgehen ... Dann sage ich Ihnen, was ich glaube ...«

»Das Wichtigste ist jetzt, dass wir mit der Mutter reden«, sagte Stres.

»Ja, gewiss«, erwiderte der Gehilfe, »da haben Sie völlig recht.«

»Nehmen wir einmal den Fluch, von dem der Wärter gesprochen hat«, sagte Stres. »Ich glaube nicht, dass er sich so etwas ausdenkt.«

»Auf keinen Fall«, bestätigte der Gehilfe. »Er ist ein rechtschaffener Mann, ich kenne ihn.«

»Also, nehmen wir erst einmal den Fluch der Mutter«, wiederholte Stres. »Doruntina ruft von draußen (wenn das wirklich ihre Worte waren): Mach auf, Mutter, ich bin mit Konstantin zusammen gekommen ... Die Wahrscheinlichkeit, dass die Mutter diese schaurige Aussage tatsächlich geglaubt hat, wird größer, wenn man von ihrem Fluch weiß. Verstehst du, was ich meine?«

»Ja, gewiss«, antwortete der Gehilfe.

»Außerdem ist da noch etwas anderes«, sprach Stres weiter, ohne das Tempo seiner Schritte zu ändern. »Freute sich die Mutter nun bei dem Gedanken, dass sie ihr Sohn dort unter der Erde erhört und sein Grab verlassen hatte, oder bereute sie die Störung seiner Totenruhe? Oder war es noch etwas ganz anderes, viel Dunkleres und Undurchschaubareres?«

»Wahrscheinlich war es etwas anderes«, meinte der Gehilfe.

»Das glaube ich auch«, sagte Stres. »Dass die alte Dame beim Öffnen der Tür auf den Tod erschrak, deutet darauf hin, dass sie genau in diesem Moment eine furchtbare Entdeckung machte.«

»Eben«, bestätigte der Gehilfe, »eine Entdeckung ... Das passt genau zu meinem Verdacht, von dem ich vorher gesprochen habe.«

»Anders ist die Erschütterung der alten Frau nicht zu erklären«, fuhr Stres fort. »Dass Doruntina einen Schock erlitt, ist nur zu verständlich, der Tod ihrer neun Brüder. Doch für die Mutter gilt das nicht. Aber was ist denn das?«

Stres blieb stehen.

»Was ist das?« sagte er wieder. »Sind das nicht Totenklagen?«

Sie blickten zum Haus der Vranaj, das nun nicht mehr weit entfernt war.

»So kommt es mir auch vor«, sagte der Gehilfe.

»O Gott, wahrscheinlich ist die alte Frau gestorben!« sagte Stres. »Was haben wir nur für eine Dummheit begangen!«

Er setzte sich wieder in Bewegung, und seine Schritte wurden noch länger. Seine Stiefel klatschten achtlos in Pfützen und Schlammlöcher, faules Laub mit sich reißend. Was für eine Dummheit, murmelte er vor sich hin, was für eine Riesendummheit!

»Aber vielleicht ist es ja ganz anders«, sagte der Gehilfe. »Vielleicht ist es … Doruntina.«

»Was?!« schrie Stres beinahe, und der andere begriff, dass der Gedanke ihm unerträglich war.

Den Rest des Weges bis zum Haus der alten Dame legten sie schweigend zurück. Die Pappeln auf beiden Seiten der Straße schüttelten melancholisch ihre letzten Blätter ab. Nun war das Klagen der Frauen ganz deutlich zu hören.

»Sie ist gestorben«, murmelte Stres, »kein Zweifel.«

»Ja, der Hof des Hauses ist voller Leute.«

»Was ist los?« fragte Stres die erste Person, die ihnen über den Weg lief. »Was ist geschehen?«

»Im Haus der alten Dame … «, antwortete der andere. »Beide sind gestorben, Mutter und Tochter.«

»Wie ist das möglich?«

Der andere zuckte die Schultern und ging seiner Wege.

»Wie ist das nur möglich?« sagte Stres noch einmal, ohne stehen zu bleiben. Sein Mund war trocken, und sein Gaumen fühlte sich an wie vergiftet.

Die Flügel des großen Eingangstors klafften unerbittlich, wie es Stres schien. Sie befanden sich nun im Hof, inmitten einer wild wogenden Menschenmenge. Wieder fragte Stres, und wieder erhielt er die gleiche Antwort: Beide waren tot. Drinnen hörte man Frauen weinen. Beide, dachte er und war wie erstarrt. Damit wurde dieses Übermaß an Trauer verständlich. Unterwegs hatte er sich noch gefragt, warum man eine derart alte Frau so beklagte, war doch mit ihrem Ableben zu rechnen gewesen. Nun kannte er den wirklichen Grund.

Stres ließ zu, dass man ihn hin und her stieß. Er war völlig willenlos, konnte weder handeln noch klar denken. Tatsächlich hatte ihn schon unterwegs der Verdacht bedrängt, Doruntina sei tot, doch hatte er die Vorstellung sofort aus seinem Kopf verbannt. Dass aber beide gestorben sein könnten, darauf war er überhaupt nicht gefasst gewesen. Eigentlich war ihm die Wahrscheinlichkeit von Doruntinas Tod sogar größer erschienen, denn sie war ja, wie alle Welt und sie selber auch glaubte, mit einer Leiche zusammen auf einem Pferd geritten und hatte sich so in gewisser Weise bereits mit dem Tod angesteckt. Aber alle beide, völlig unvorstellbar!

»Und wie?« fragte er, ohne in dem wahnsinnigen Durcheinander von Schultern und Stimmen der Neugierigen jemand Bestimmten zu meinen. »Wie ist es passiert?«

Zwei oder drei Stimmen antworteten gleichzeitig:

»Zuerst ist die Tochter gestorben, dann die Mutter.«

»Ach, Doruntina ist zuerst gestorben?«

»Ja, Herr Hauptmann, die Arme starb zuerst. Was konnte die alte Dame danach noch anderes tun, als den Reigen des Todes zu beschließen?«

»Welch schrecklicher Fluch!« sagte jemand gleich daneben. »Die Vranaj ausgelöscht. Für immer ausgelöscht.«

Einen Moment lang bekam Stres den Gehilfen zu Gesicht, der wie er selbst zwischen den Menschen umherschwankte. Nun ist das Rätsel komplett, dachte er. Mutter und Tochter haben das Geheimnis mit ins Grab genommen. Die neun Gräber bei der Kirche erschienen vor seinen Augen, und fast hätte er ausgerufen: Ihr habt mich verlassen. Beide waren fortgegangen und hatten ihn mit dem Entsetzlichen allein gelassen.

Die Menge ringsum wogte infernalisch. Stres war, als wollten ihm die Schläfen platzen. Er wusste nicht, vor wem er sich zuerst schützen musste, vor dieser wirbelnden Masse oder vor sich selbst.

Die Vranaj ausgelöscht, wiederholte eine Stimme. Stres sah auf, um festzustellen, von wem die Worte stammten, doch unerklärlicherweise durchforschte sein Blick nicht die Menschenmenge, sondern wanderte hinauf zum Dachfirst des Hauses, als sei die Stimme von dort oben gekommen. Für ein paar Augenblicke fehlte ihm die Kraft, die Augen abzuwenden. Von der Tragödie der Auslöschung, die sich unter diesen Giebeln abgespielt hatte, wussten die Tragebalken des ausladenden Daches, die, vom Alter geschwärzt und verzogen, aus der Mauer ragten, womöglich mehr mitzuteilen als sonst jemand auf der Welt.

Drittes Kapitel

Aus allen Teilen des Fürstentums strömten die Menschen herbei, um dabei zu sein, wenn die alte Dame und Doruntina beigesetzt wurden. Seit unvordenklichen Zeiten gab es zwei Arten von Ereignissen: Solche, die Menschen zusammenführten, und solche, die sie trennten. Die einen ließen sich nur auf Marktplätzen, an Wegkreuzungen und in Gasthäusern richtig auskosten. An den anderen dagegen verzehrte sich jeder alleine oder wurde von ihnen verzehrt.

Dieses Ereignis, das war schnell zu erkennen, gehörte beiden Arten an. Auch wenn es auf den ersten Blick mit Ansammlungen und Straßen zu tun hatte, so begriff man bei näherer Betrachtung doch bald, dass die Beisetzung nur das ans Licht brachte, was zuvor hinter Hausmauern beredet oder in Menschenhirnen bedacht worden war.

Wie stets, wenn sich innere Verwirrtheit nach einer Obstipation umso heftiger nach außen entlädt, quoll und dehnte und verformte sich auch das Thema Doruntina im verwunderlichsten Maße. Eine unerhörte Masse, mitgezerrt von dem Ereignis, schleppte dieses hinter sich her, prägte sich ihm sogleich auf und wurde selbst von ihm geprägt, verschrammt, betrunken oder wund.

Adlige mit Wappen auf den Türen ihrer Kutschen, wandernde Mönche, Herumstreuner und alles mögliche andere Volk kam, die große Straße überflutend und wieder versickernd, auf Karren, Maultieren und meistens zu Fuß auf den Hauptort der Gegend zugereist.

Die Beisetzung war für den Sonntag vorgesehen. Die Verblichenen waren im großen Empfangssalon aufgebahrt, der schon lange, seit der Tragödie mit den Söhnen, nicht mehr benutzt worden war. Das Licht der Kerzen versilberte die alten Familienwappen, Waffen und Ikonen an den Wänden genauso wie die Gesichter der Leichen.

Neben den mächtigen Bronzesärgen (in ihrem Testament hatte die alte Dame eine bedeutende Summe für das eigene Begräbnis eingesetzt) dirigierten, auf kleinen, reichgeschnitzten Holzstühlen thronend, vier Klageweiber die Totenklagen der anderen Frauen. Inzwischen, zwanzig Stunden nach dem Ableben, zwischen der Bronze der Särge, waren die Klagen mäßiger, aber auch gravitätischer. Dem Brauch entsprechend streuten die Klageweiber immer wieder Verse in ihr Jammern ein. Einzeln oder alle gemeinsam riefen sie verschiedene Gesichtspunkte der ungewöhnlichen Begebenheit ins Gedächtnis.

Mit zitternder Stimme erinnerte eine der Klagefrauen an Doruntinas Heirat und Abschied. Eine andere beweinte mit einem noch stärkeren Beben in der Stimme die neun Söhne, die kurz nach der Hochzeit im Krieg gegen die verpestete Armee umgekommen waren. Die Dritte setzte die Klage fort, indem sie das traurige Geschick der von allen Lebendigen verlassenen alten Dame beleuchtete.

> Konstantin, hörst du mein Seufzen?
> Wo ist der Eid, den du geschworen?
> Versenkt im Erdreich ruht dein Wort,

beschwor das vierte Klageweib den Besuch der Greisin am Grab des verfluchten Wortbrüchigen herauf. Darauf schilderte die Erste, die nun wieder an der Reihe war, wie der unselige Sohn dem Grab entstieg und durch die Nacht dem Land entgegeneilte, in dem die Schwester verheiratet war.

> Bist du im Guten erschienen,
> wähl ich das Festgewand,
> doch kündet dein Kommen von Argem,
> so leg ich die Kutte an,

sang sie kummervoll.

> Ach, folg mir, Schwester, wie du bist,

lieh das dritte Klageweib dem Bruder die Stimme.

Es folgte ein Wechselgesang der Ersten und der vierten Frau, der dem gemeinsamen Ritt von Schwester und Bruder gewidmet war. Auch Stellungnahmen von Augenzeugen, also der Vögel, durften nicht fehlen:

> Ach, was müssen wir da sehen,
> Mit der Beseelten reist die Leiche
> auf dem gleichen Pferde sitzend.

Die dritte Klagefrau berichtete sodann von der Ankunft zu Hause und von Konstantins Gang zum Kirchhof. Die Vierte rundete die Totenklage ab, indem sie Doruntina anklopfen und mitteilen ließ, der Bruder habe sie, wie versprochen, hergebracht, worauf von drinnen die mütterliche Antwort erfolgte:

> Konstantin, drei Jahre tot,
> ist noch immer nicht vermodert?

Nach kurzem Ausruhen begannen die Leichenwächterinnen aufs Neue mit ihrer Klage. Die Worte, die sie ihren Liedern unterlegten, waren nicht immer dieselben. Einige der Verse wiederholten sich, andere wurden abgeändert oder ganz ausgetauscht. So gingen sie über Episoden, die in den Gesängen davor ausführlich behandelt worden waren, rasch hinweg oder vertieften sich umgekehrt in Aspekte, die sie vorher nur flüchtig gestreift oder ganz ausgelassen hatten. So lag einmal das Hauptgewicht auf der Vorgeschichte des Ereignisses, als die große und noch glückliche Familie Vranaj unschlüssig gewesen war, ob man Doruntina wirklich so weit weggeben sollte, worauf Konstantin versprochen hatte, die Schwester zurückzubringen, sobald man ihrer bedurfte. Ein andermal hielten sich die Sängerinnen mit diesem Aspekt nicht lange auf, sondern kamen gleich zu den Zwiegesprächen zwischen der Lebendigen und dem Toten während des schaurigen Ritts. Zu anderen Stunden der Klage spielte dieser Punkt überhaupt keine Rolle, stattdessen vertiefte man sich in bestimmte Details, etwa, wie der tote Bruder Doruntinas Dorf, in dem gerade ein Fest gefeiert wurde, sozusagen Tanz um Tanz nach der Schwester absuchte, wobei er den Dorfmädchen zwar ihre Schönheit bestätigte, diese jedoch als »kalt« apostrophierte.

Der Hauptmann hatte extra Leute hingeschickt, die sämtliche Klagen Wort für Wort aufzeichnen und ihm dann gleich überbringen sollten. Stres stand am Fenster, durch das der kalte Nordwind hereinblies, und starrte auf die Blätter, dann griff er zur Feder und begann Worte und ganze Zeilen zu unterstreichen.

»Wir mühen uns Tag und Nacht ab, um die Geschichte aufzuklären«, sagte er zu seinem Gehilfen. »Die Klageweiber zerbrechen sich da weniger den Kopf.«

»Das stimmt«, erwiderte der Gehilfe. »Für sie besteht nicht der mindeste Zweifel, dass er aus dem Grabe auferstanden ist.«

»Vor unseren Augen entsteht gerade eine Legende«, sagte Stres und reichte ihm die Blätter mit all den Unterstreichungen. »Sieh nur hier. Bis vorgestern waren es noch normale Totenklagen, und seit gestern Abend und vor allem heute Morgen haben wir es schon mit Legenden zu tun.«

Der Gehilfe warf einen Blick auf die Seiten. Überall gab es Unterstreichungen und Randnotizen. Neben manche Stellen hatte Stres Frage- oder Ausrufezeichen gemalt.

»Trotzdem, auch von den Klageweibern kann man vielleicht etwas erfahren«, bemerkte er schüchtern.

»Natürlich«, erwiderte Stres. »Mir ist aufgefallen, dass in letzter Zeit eine alte Form der Klagen wiederauflebt. Man nennt sie ›Weinen nach dem Gesetz‹.«

»Ja, das stimmt«, sagte der Gehilfe.

»Ich weiß nicht, ob es den Ausdruck auch in anderen Sprachen gibt, aber ich als Mann des Gesetzes finde es beeindruckend, dass dieser Begriff auf die Totenklage der Frauen angewandt wird.«

Hm, machte der Gehilfe.

»Das bedeutet ja wohl, dass hinter dieser Art von Klage mehr steckt als üblich«, fuhr Stres fort. »Sie will ein Gesetz machen.«

Der Gehilfe wusste nicht, was er antworten sollte.

Vom Fenster aus blickte man auf die große Straße mit dem nicht abreißenden Strom der Trauergäste hinab. Alle Gasthäuser, nicht nur in der Gegend, sondern auch weiter weg, waren überfüllt.

Alte Freunde der Familie waren gekommen und die zahlreichen Schwäger. Ebenso fanden sich Vertreter beider Kirchen, der römischen und der byzantinischen, und der fürstlichen Familie ein, außerdem Edelleute aus den benachbarten Grafschaften und Fürstentümern. Graf Topia, ein alter Freund der greisen Dame, der selbst nicht kommen konnte (ob aus gesundheitlichen Gründen oder wegen Missstimmigkeiten zwischen ihm und dem Fürsten, wusste man nicht so genau), schickte einen seiner Söhne.

Wie vorgesehen fand die Beisetzung am Sonntagvormittag statt. Der endlose Trauerzug wälzte sich ein wenig mühselig auf die Kirche zu, weil die Straße zu schmal war. Ein großer Teil der Gäste war gezwungen, über die Straßengräben zu setzen und auf Feldern und Brachen zu gehen. Viele hatten schon an Doruntinas Hochzeit teilgenommen, und das traurige Dröhnen der Glocke rief in ihnen wehmütige Erinnerungen wach. Damals hatten sie die gleiche Strecke vom Haus der Vranaj zur Kirche zurückgelegt, und die gleiche Glocke hatte geschlagen, wenn auch mit anderem Klang. Die Schar der Hochzeitsgäste hatte sich nur wenig vom Zug der Trauernden unterschieden, und auch damals waren viele von der zu schmalen Straße über die Gräben auf die Felder ausgewichen.

Zwischen Hochzeit und Beisetzung Doruntinas lag noch der Tod der neun Brüder, doch das war ein Albtraum, der nur verschwommen im Gedächtnis geblieben war. Er hatte zwei Wochen angedauert. Der Strom der Trauergäste war gar nicht mehr abgerissen, denn der Hunger des Todes hatte sich offensichtlich nicht stillen lassen, ehe das Tor der Vranaj für immer zugefallen war. So in etwa hatten sich die Ereignisse abgespielt: Zunächst waren zwei der Vranajsöhne auf dem Schlachtfeld geblieben. Zwei Tote an einem Tag, das Schicksal meinte es nicht gut mit den Vranaj. Kein Mensch hätte aber mit dem gerechnet, was dann am folgenden Tag geschah. Wer konnte auch schon auf den Gedanken kommen, dass die beiden anderen Brüder, die man abends verwundet heimbrachte, die nächsten drei Tage nicht überleben würden, denn ihre Wunden waren keineswegs gefährlich gewesen. Ja, den Leuten im Haus kamen sie noch harmloser vor, wenn sie an die verderblichen Verletzungen der beiden Gefallenen dachten. Als man sie dann aber am Morgen des dritten Tages tot auffand, breitete sich im Trauerhaus nicht nur neuer, dem alten noch größere Heftigkeit verleihender Schmerz aus, sondern immer mehr auch eine geradezu unerträgliche Beklemmung, eine Art der Reue, ein Schuldgefühl, weil man wähnte, sich um die beiden Verwundeten nicht genug gekümmert, sie vernachlässigt zu haben (was in Wahrheit keineswegs der Fall war, aber nun, da sie tot waren, mochte es so aussehen). Alle waren fast wahnsinnig vor Kummer: Die alte Dame, die übrig gebliebenen Brüder, die jungen Frauen, die sich, eben noch Braut, nun plötzlich als Witwen sahen. Die Verletzungen kamen ihnen nun auf einmal schlimm vor, man sprach von versäumter Pflege, und alle ergingen sich in Selbstvorwürfen. Der Tod der Verwundeten erschien umso schmerzlicher, als man glauben musste, ihr Leben in den Händen gehalten und dann doch noch zugelassen zu haben, dass es daraus entschlüpfte. Dann aber, als nach wenigen Tagen der Tod erneut und mit noch schwereren Schritten ins Haus einkehrte, um die übrigen fünf Brüder zu holen, da versteinerten die alte Dame und ihre Schwiegertöchter vollends. Gott selbst schleudert niemals einen zweiten Blitz auf den gleichen Ort, sagte man, und nun bricht das Verhängnis auf so unbegreifliche Weise über das Haus Vranaj herein. Dass die Albaner mit einer pestkranken Armee im Krieg gelegen hatten und dergestalt Gefallenen, Verwundeten und den meisten Überlebenden am Ende das gleiche Schicksal beschieden gewesen war, das erfuhr man erst jetzt.

In drei Wochen hatte sich das Haus der Vranaj, in dem es immer fröhlich und laut zugegangen war, in einen Ort der Schatten verwandelt. Nur Doruntina, die kurz vorher abgereist war, ahnte von der ganzen Tragödie nichts.

Noch immer schlug traurig die Kirchenglocke, doch unter den Trauergästen, selbst unter den engsten Freunden, hatte sich nur schwerlich jemand finden lassen, dem das Begräbnis der neun Brüder genau in Erinnerung geblieben war. Alles hatte sich abgespielt wie in einem bösen Traum, einem einzigen Spuk, denn neun Tage in Folge hatte man nur Särge aus dem Haus der Vranaj getragen. Die meisten Leute konnten sich an die Reihenfolge der Tode nicht mehr erinnern, und bald würde man wohl kaum mehr wissen, welcher von den Brüdern auf dem Schlachtfeld, welcher an der Pestilenz und welcher an Wunden und Seuche zusammen gestorben war.

Dagegen hatte keiner Doruntinas Hochzeit vergessen. Sie gehörte zu den Ereignissen, die mit zunehmendem zeitlichen Abstand nur noch in holderem Licht erscheinen, und zwar nicht deshalb, weil sie selbst zu den denkwürdigen gehören, sondern weil sie die Macht besitzen, alles Gute in sich aufzunehmen, das wirkliche und das andere, von dem man nur glaubt, dass es einmal war und nun nicht mehr ist. Außerdem war nie zuvor ein Mädchen aus der Gegend so weit weg in die Ehe gegeben worden. Schon immer hatte die Frage, wie weit entfernt die Gegend sein durfte, in die man ein Mädchen verheiratete, die Menschen außerordentlich beschäftigt. Die Meinungen dazu waren unterschiedlich, pro und kontra. Der räumliche und verwandtschaftliche Abstand, wobei beide Aspekte oft zusammenfielen, gaben Anlass zu Kummer, Entzweiung, Fehden, ja echten Tragödien. Manche verfochten erbittert den Standpunkt, Ehen müssten innerhalb des Dorfes oder der Sippe geschlossen werden, und wären durchaus bereit gewesen, sich für die Bewahrung dieses alten Brauches aufzuopfern, wie es auch andere gab, die umgekehrt alles für die Verteidigung des Prinzips möglichst großer Distanzen beim Heiraten hingegeben hätten. Jene, die darauf beharrten, Ehen dürften nur innerhalb des gleichen Stammes oder höchstens zwischen Dörfern der gleichen Gegend geschlossen werden, hielten dies für den einzigen Weg, das Volkstum vor Erschütterungen, besonders aber vor der Penetration zweifelhaften fremden Blutes zu bewahren. Sie verwiesen auf das warnende Beispiel von Küstenstädten wie Durrës oder Lezha, wo allerlei Fremdes angespült worden war und sich in Rasse und Erbgut gedrängt hatte. War denn nicht vor Jahren die berühmte Schönheit Marije Matrenga, nachdem sie einen ausländischen Grafen geehelicht hatte, wegen des ungewohnten Klimas und der fremden Sitten, vor allem aber aus Heimweh dahingeschmolzen wie Wachs, bis dann schließlich der Tod sie holte?

Die anderen, die Fernsüchtigen, behaupteten just das Gegenteil. Sie beriefen sich auf das alte Gewohnheitsrecht, den Kanun, der Ehen unter Verwandten bis zum vierhundertsten Grad verbot, und erschreckten die Leute mit dem Hinweis auf die verderblichen Folgen der Inzucht. Roh konterten sie zum Beispiel die traurige Geschichte der Marije Matrenga mit dem blöden Paloka, einer mittlerweile neunzehnjährigen, ständig sabbernd durch das Dorf streunenden Spottgeburt aus einer Verwandtenehe.

Beide Parteien befehdeten sich lange. Manchmal, vor allem zur Dämmerstunde oder beim Wechsel der Jahreszeiten, schien die bläulichzarte, ikonenhaft vergoldete Historie der Marije Matrenga alles zu dominieren, doch dann gab es wieder andere, muffig schwüle Tage, an denen das Speicheln und Lallen des schwachsinnigen Buben unter den Leuten Bangigkeit verbreitete.

Allmählich setzte sich das ferne Heiraten durch. Aus Angst vor der »Verschmutzung des Blutes« fiel es den Leuten relativ leicht, auf Ehen innerhalb der Verwandtschaft zu verzichten, doch der räumliche Abstand bereitete ihnen größere Schmerzen. Auch der Kanun sagte zu dieser Frage nichts. Am Anfang war man also eher zögerlich, zwei Berge weit, vier Berge, sieben Berge und genauso viele Täler, bis dann endlich Doruntinas gewaltige, nahezu einen halben Kontinent einschließende Entfernung erreicht war.

Während die Menge dem Hochzeitsgeleit zur Kirche folgte, unterhielten sich die Menschen natürlich, gingen flüsternd noch einmal die Vorgeschichte von Doruntinas Verlobung durch: Das Schwanken der Mutter und der Brüder, die diese Ehe nicht befürworteten, Konstantins Hartnäckigkeit und schließlich sein Versprechen an die Mutter, ihr die Tochter gegebenenfalls zurückzubringen. Völlig unbeachtet blieb allerdings, was Doruntina selbst von dieser Heirat hielt, ob sie dafür oder dagegen war. Schöner denn je, tränenüberströmt wie jede Braut, ganz neblig durchscheinend, gehörte sie eher dem Horizont an als den berittenen Brüdern und Brautführern, die sie umgaben.

An all dies dachte man zurück, während der Trauerzug die gleiche Strecke zurücklegte wie damals die Schar der Hochzeitsgäste. Und wie auf schwarzem Samt ein Kristallservice besonders prächtig funkelt, so stellte sich Doruntinas Hochzeit vor dem Hintergrund der Trauer noch makelloser dar. Es wollte den Leuten nicht mehr recht gelingen, beides voneinander zu trennen, vor allem, weil ihnen Doruntina im Sarg mindestens genauso schön vorkam wie auf dem Hochzeitsschimmel. So schön, und wofür?, seufzten sie. Niemand würde sich mehr an ihrer Schönheit erfreuen können. Nur die Erde, bald.

Andere unterhielten sich, allerdings gedämpfteren Tons, über die mysteriöse Ankunft der jungen Frau, wobei sie Weitergaben, was sie selber gehört hatten, oder das Gegenteil davon. Angeblich ist Stres dabei, das Rätsel zu lösen, sagte jemand. Der Fürst persönlich hat ihn beauftragt, der Sache auf den Grund zu gehen. Da gibt es gar kein Geheimnis, glaube mir, unterbrach ihn sein Freund. Sie kam nur, um den Ring des Todes zu schließen, das ist alles. Aber wie? Ach ja, das ist das Einzige, was man nie erfahren wird. Es heißt, einer ihrer Brüder sei nachts dem Grab entstiegen, um sie herzubringen. Das ist mir auch zu Ohren gekommen, wirklich gruselig. Aber es gibt Leute, die behaupten … Ich weiß, ich weiß, ich habe es gehört. Aber davon sollten wir lieber nicht reden, das ist eine Sünde, erst recht auf ihrer Beerdigung. Stimmt, da hast du recht.

Das Gespräch kam wieder auf die drei Jahre zurückliegende Hochzeit, und vielen erschien es so, als sei diese Beerdigung nur eine Fortsetzung oder, besser gesagt, noch dieselbe Hochzeit, nur auf den Kopf gestellt. Tatsächlich hatte Doruntina nach der Reise, die mit der Eheschließung verbunden war, eine weitere Reise unternommen, nur rückwärts. Mit einem Toten. Oder einem Unbekannten. Auf jeden Fall eine Reise. Als es nicht sein sollte. Gegen die Zeit also. Und auch noch mit einem Toten. Oder noch schlimmer. Mit einem … Jetzt lass doch, es ist wirklich eine Sünde, an einem solchen Tag so zu reden, der Herr möge uns vergeben.

Und so unterbrachen die Leute das Gespräch in der stillschweigenden Übereinkunft, dass sie es in wenigen Tagen, vielleicht schon morgen, wenn die Töten unter der Erde waren und sich alles ein wenig beruhigt hatte, wieder aufnehmen würden, gründlicher noch vielleicht und auf jeden Fall in mehr Ruhe.

So geschah es dann auch. Gleich nach dem Leichenbegängnis, als die Sache zu einem gewissen Abschluss gekommen zu sein schien, begann es in der Gerüchteküche so gewaltig zu brodeln wie nie zuvor Der Klatsch schwappte in Wogen über die Dörfer ringsum, breitete sich aus bis an den Rand des Fürstentums, um dann über die Grenzen hinweg auf die benachbarten Grafschaften und Fürstentümer überzugreifen. Es schien so, als hätten die zahlreichen Trauergäste bei ihrer Abreise Fragmente davon mitgenommen, die sie dann in alle Teile des Landes trugen.

Wie vorherzusehen gewesen war, nahm das Geraune, während es von Mund zu Mund und von Lunge zu Lunge ging, eine Menge menschlichen Leids mit sich, und zwar solches, das man nicht gerne offen äußert, sondern bei solch passender Gelegenheit lieber indirekt nach außen gelangen lässt. Und je weiter sich das Geflüster entfernte, desto flüchtiger und veränderlicher wurde es, wie eine wandernde Wolke, doch im Kern blieb es immer das Gleiche: Ein Toter war seinem Grab entstiegen, um das der Mutter gegebene Versprechen einzulösen, ihr die in der Fremde verheiratete Tochter zurückzubringen, wann immer sie ihrer bedurfte.

Noch keine Woche war seit der Beerdigung der beiden Frauen vergangen, als Stres dringend ins Kloster der drei Kreuze gerufen wurde, wo ihn der in wichtiger Angelegenheit eigens angereiste Erzbischof des Fürstentums erwartete.

Eigens in wichtiger Angelegenheit? überlegte Stres, während er auf der Straße durch das flache Land ritt. Was mag der Erzbischof nur von mir wollen? Der verließ seine Residenz nur sehr selten, und wenn er wirklich etwas mit Stres zu besprechen hatte, dann konnte er auch den Weg über dessen Vorgesetzte gehen. Oder ihn in seinen Palast im Zentrum des Fürstentums bestellen. Jedenfalls hatte er keinen Grund, den langen Weg bis zum Kloster der drei Kreuze auf sich zu nehmen. Vielleicht ist alles nur ein Versehen, dachte Stres, ein Irrtum der Beamten oder Kuriere. Auf jeden Fall gab es keinen Grund, sich jetzt schon Sorgen zu machen.

Ein eisiger Wind fegte über die in herbstlichen Frost gehüllte Ebene. Dort hinten, beiderseits der Straße, schienen sich die Heuschober vergrämt davonstehlen zu wollen. Stres schlug den Kragen seiner Pelerine hoch. Und wenn es um die Sache mit Doruntina geht, überlegte er, um sich gleich selbst zu schelten: Welch ein Unsinn! Warum sollte sich der Erzbischof dafür interessieren? Der hatte dort im Zentrum wahrhaftig genug zu tun. Schließlich war in den albanischen Fürstentümern der Zwist zwischen der römisch-katholischen und der byzantinisch-orthodoxen Kirche auf dem Höhepunkt angelangt. Vor einigen Jahren, als die Einflussbereiche der Katholiken und der Orthodoxen mehr oder weniger abgesteckt waren (ihr Fürstentum war bei der byzantinischen Kirche verblieben), hatte Stres gemeint, der endlose Streit sei nun endlich vorüber. Doch bald war er eines Besseren belehrt worden. Die beiden Kirchen begannen erneut, sich gegenseitig die albanischen Fürstentümer und Grafschaften streitig zu machen. Aus den Meldungen, die Stres regelmäßig von den Gasthäusern und Grenzstellen erreichten, ging hervor, dass die Reisen katholischer Missionare durch die Fürstentümer in letzter Zeit wieder deutlich zugenommen hatten. Vielleicht kam der Erzbischof deswegen, obwohl Stres diese Geschichte eigentlich gar nichts anging. Er war schließlich nicht der Konsul, der die Passierscheine ausstellte. Nein, dachte Stres, damit habe ich nichts zu tun. Es muss etwas anderes sein.

Aber warum sollte er sich auch den Kopf zerbrechen? Wenn er erst da war, würde er schon erfahren, um was es ging. Es lohnte nicht, sich Sorgen zu machen. Vielleicht ging es ja auch nur um eine ganz banale Sache. Vielleicht war der Erzbischof aus einem ganz anderen Grund gekommen, zur Inspektion zum Beispiel, und dabei zufällig auf etwas gestoßen, das seiner Meinung nach Stres' Eingreifen erforderte. Beispielsweise hatte die Kirche ständig Probleme mit der um sich greifenden Zauberei, die nun wiederum Stres etwas anging. Ja, dergleichen wird es sein, dachte er und spürte, wie seine Gedanken an einem bestimmten Punkt festfroren. Zauberei, ein Toter, der dem Grab entsteigt, dazwischen lag nur ein kleiner Schritt. O nein, Erzbischof, hätte er fast aufgeschrien, lass Doruntina aus dem Spiel! Und er trieb die Sporen in die Flanken des Pferdes, um es zu schnellerem Gang anzuspornen.

Es war wirklich kalt. Rechts tauchten die Häuser eines Weilers auf, dann war gar nichts mehr zu sehen außer der Ebene mit den Heuschobern, die immer weiter zurückwichen.

Bis zum Kloster der drei Kreuze war es noch weit. Den Rest des Weges dachte Stres an dasselbe wie vorher, nur in umgekehrter Reihenfolge. Ständig versuchte er sich einzureden: Blödsinn, Unfug, das kann überhaupt nicht sein! Aber obwohl er sich redlich bemühte, an etwas anderes zu denken, beschäftigte ihn bis zum Kloster doch immer nur das eine: Warum hatte ihn der Erzbischof rufen lassen?

Es war das erste Mal, dass Stres ihm persönlich begegnete. Einmal hatte er ihn in der Kathedrale der fürstlichen Hauptstadt gesehen, doch ohne das Ornat wirkte der Erzbischof irgendwie glatt und dünn, und seine Haut war so weiß und fein, dass man meinte, alles, was sich in diesem fast durchsichtigen Leib abspielte, müsste eigentlich ganz leicht zu erkennen sein. Doch dieser Eindruck zerstob, sobald der Erzbischof zu sprechen begann. Seine Stimme hatte keine rechte Beziehung zu dem Körper, sondern schien viel eher zum Ornat, zu Mitra und Weihrauchkessel zu gehören, die er nun nicht trug und wahrscheinlich nicht hätte ablegen können, wenn sie nicht durch diese erstaunlich kräftige Stimme zu kompensieren gewesen wären.

Der Erzbischof machte keine langen Umschweife. Man habe ihm, so erklärte er Stres, von einer angeblichen Auferstehung aus dem Grabe vor zwei Wochen in diesem Teil des Fürstentums berichtet. Stres atmete tief durch. Also doch, dachte er. Die unwahrscheinlichste aller Vermutungen hatte sich bewahrheitet. Was sich da ereignet hat, fuhr der Erzbischof fort, ist schlecht, sogar sehr schlecht, und in seiner ganzen Schlechtigkeit weit bedeutender, als man auf den ersten Blick glauben mag. Er erhob ein wenig die Stimme: Nur gedankenlose Menschen können so etwas leichtnehmen. Stres spürte, wie er rot wurde, und setzte schon zu Erklärungen an: Kein Mensch könne ihm vorwerfen, er habe die ganze Sache zu leicht genommen. Schließlich habe er ja sofort die Kanzlei des Prinzen verständigt und überdies alles Menschenmögliche getan, um Licht in den rätselhaften Vorfall zu bringen. Doch der Erzbischof schien seine Gedanken erraten zu haben, denn er fuhr fort:

»Man hat mich gleich über die Angelegenheit unterrichtet, und ich habe die Anweisungen erteilt, die nötig sind, um sie aus der Welt zu schaffen. Allerdings hätte ich wirklich nicht an eine derartige Eskalation geglaubt.«

»Ja, das war eigentlich nicht vorherzusehen«, äußerte sich Stres zum ersten Mal. Da der Erzbischof selbst eingestand, dass er nicht mit solchen Auswirkungen gerechnet hatte, schienen ihm Rechtfertigungen überflüssig.

»Um das Echo auf den Vorfall zu erkunden, war ich genötigt, diese beschwerliche Reise zu unternehmen«, fuhr der Erzbischof fort. »Und leider musste ich mich davon überzeugen, dass dieses Echo geradezu katastrophal ist.«

Stres nickte.

»Kein anderer Anlass hätte mich in dieser schwierigen Zeit veranlassen können, eine Reise zu unternehmen«, sprach der Erzbischof weiter, ohne Stres aus seinem bohrenden Blick zu entlassen. »Begreifst du nun, welche Bedeutung die heilige Kirche diesem Vorfall beimisst?«

»Ja, Eminenz«, erwiderte Stres. »Sagen Sie mir, was ich zu tun habe.«

Der Erzbischof hatte diese Frage offenbar erst später erwartet, denn er schwieg eine Weile, als müsse er zunächst noch hinunterschlucken, was auszusprechen nun unnötig geworden war. Stres hatte den Eindruck, dass er nervös wurde.

»Diese Geschichte muss unbedingt aus der Welt geschafft werden«, fuhr der Erzbischof in bemüht ruhigem Ton fort. »Das heißt, die Seite des Geschehens, die wir nicht brauchen können, die nicht wahr ist, die sich gegen die Kirche richtet. Begreifst du, Hauptmann? Der angeblichen Wiederbelebung eines Menschen ist entschieden zu widersprechen. Sie muss missbilligt, entlarvt, verboten werden. Unter allen Umständen.«

»Ich habe verstanden, Eminenz.«

»Ist das schwierig?«

»Zweifellos«, meinte Stres. »Ich kann einen Betrüger oder Verleumder zum Schweigen bringen, aber wie soll ich der menschlichen Schwatzsucht Zügel anlegen? Das übersteigt meine Fähigkeiten, Eminenz.«

Die Augen des Erzbischofs glitzerten kalt.

»Den Klageweibern kann ich das Klagen nicht verbieten«, fuhr Stres fort. »Und die Gerüchte …«

»Die Klageweiber hast du gefälligst dazu zu bringen, dass sie von selber schweigen«, unterbrach ihn sein Gegenüber. »Und den Gerüchten musst du eine andere Richtung geben.«

»Und wie?« fragte Stres ruhig.

Sie fixierten sich lange.

»Hauptmann«, fragte der Erzbischof schließlich, »glaubst du selber auch daran, dass der Tote aus dem Grab gestiegen ist?«

»Nein, Eminenz.«

Stres hatte das Gefühl, dass der andere erleichtert aufatmete. Wie kann er mich nur für so beschränkt halten, diesen Unsinn zu glauben?, dachte er.

»Also bist du der Meinung, dass jemand anders diese junge Frau hergebracht hat?«

»Gewiss, Eminenz.«

»Beweise es«, sagte der Erzbischof. »Die Klageweiber hören dann von selber auf, und die Gerüchte erhalten eine andere Richtung.«

»Ich habe es versucht, Eminenz«, sagte Stres. »So gut ich konnte.«

»Ohne Ergebnis?«

»Fast ohne Ergebnis. Eine Menge Leute glauben nicht an die Wiederauferstehung eines Menschen, aber sie sind trotzdem in der Minderheit. Die Mehrheit glaubt daran.«

»Dann sorg dafür, dass aus der Minderheit eine Mehrheit wird.«

»Ich habe mein Möglichstes getan, Eminenz.«

»Dann reicht dein Möglichstes nicht, Hauptmann. Es gibt nur eines: Der Mann, der Betrüger, Liebhaber oder Abenteurer, der die junge Frau gebracht hat, muss ausfindig gemacht werden. Man muss nach ihm suchen, hartnäckig, dringlich, überall. Wenn es nicht anders geht, muss die ganze Welt auf den Kopf gestellt werden. Und findet man ihn trotz allem nicht, dann muss man ihn erfinden.«

»Erfinden?«

Sie starrten einander an, mit einem kalten Funkeln im Blick.

»Beweise müssen her, meine ich«, sagte der Erzbischof, der zuerst wegschaute. »Vieles erscheint einem zunächst unmöglich, aber dann geht es doch ...«

Seine Stimme hatte nicht mehr den alten Klang.

»Ich tue, was ich kann, Eminenz«, sagte Stres.

Eines jener Schweigen trat ein, vor denen man sich am liebsten verkriechen möchte, egal wo. Der Erzbischof hielt nachdenklich den Kopf gesenkt. Als er schließlich weiterredete, war seine Stimme so verändert, dass Stres überrascht aufblickte. Sie passte nun genau zu dem glatten Körper, war weich und vertrauenerweckend wie dieser selbst.

»Hör zu, Hauptmann«, sagte der Erzbischof, »wir wollen doch offen miteinander sein.« – Er holte tief Luft, ehe er weitersprach. – »Wir wollen doch offen miteinander sein. Ich glaube, du weißt nicht, wie wichtig man im Zentrum solche Dinge nimmt. Konstantinopel verzeiht dir alles, aber wenn es um die Prinzipien der heiligen Kirche geht, dann gibt es keine Kompromisse. Ich habe miterlebt, wie man Kaiser massakriert, mit ausgestochenen Augen und abgeschnittenen Zungen durch das Hippodrom geschleppt hat, nur weil sie es gewagt hatten, Thesen der Kirche in Frage zu stellen. Du erinnerst dich bestimmt an das Blutbad, das vor zwei Jahren wegen der Frage, welches Geschlecht die Engel haben, in der Hauptstadt angerichtet wurde.«

Stres glaubte sich wirklich daran zu erinnern, obwohl er den wiederkehrenden Ausbrüchen von Hysterie in der Hauptstadt nie besonders viel Bedeutung beigemessen hatte.

»Vor allem jetzt«, fuhr der Bischof fort, »wo der Konflikt zwischen uns und der katholischen Kirche auf dem Höhepunkt angelangt ist. So etwas kann einen heute den Kopf kosten. Begreifst du, Hauptmann?«

»Ja …«, erwiderte Stres mit etwas unsicherer Stimme. »Ich würde allerdings gerne wissen, ob sie immer noch von diesem Ereignis sprechen.«

»Natürlich«, erwiderte der Erzbischof. Seine Stimme gewann allmählich Kraft und Klang zurück. »Genau davon.«

Stres sah ihn fest an.

»Da ist von einer Wiederauferstehung aus dem Grabe die

Rede«, fuhr der Erzbischof fort. »Eine Wiederbelebung also. Begreifst du, was das heißt, Hauptmann?«

»Wiederauferstehung ...«, wiederholte Stres. »Das ist doch nur ein verrücktes Gerücht.«

»Ganz so einfach ist das nicht«, unterbrach ihn der Erzbischof. »Das ist schreckliche Ketzerei. Ultraketzerei.«

»Ja«, sagte Stres, »in gewisser Weise schon.«

»Nicht in gewisser Weise, sondern überhaupt«, rief der Erzbischof. Seine Stimme hatte wieder den gewichtigen Klang von vorher. Er stemmte den Kopf noch weiter vor, so dass Stres seine ganze Willenskraft aufbieten musste, um nicht zurückzuweichen. – »Nur einer ist bisher aus dem Grabe wiederauferstanden, Jesus Christus. Begreifst du, Hauptmann?«

»Ich begreife, Eminenz«, meinte Stres.

»Na also! Er allein stand aus dem Grabe wieder auf, um sein großes Werk zu vollenden. Euer Toter, dieser Konstantin oder wie er heißt, was maßt er sich eigentlich an? Jesus zu imitieren! Welche Kraft holte ihn aus dem Jenseits zurück, was für eine Botschaft hat er für die Menschheit? Ha?«

Stres wusste keine Antwort.

»Keine«, rief der Erzbischof, »überhaupt keine. Deshalb sind das alles nur Lügen und Ketzereien. Eine Provokation gegen die heilige Kirche. Und die werden wir wie immer gnadenlos bestrafen.«

Er schwieg eine Weile, um Stres Zeit zu geben, das Wortgewitter zu verarbeiten.

»Also hör mir gut zu, Hauptmann.« – Sein Ton wurde wieder etwas milder. – »Wenn wir diese Sache nicht im Keim ersticken, dann wächst sie sich aus, und es ist alles zu spät. Zu spät, begreifst du?«

Am Nachmittag war Stres auf dem Rückweg vom Kloster der drei Kreuze. Das Pferd trabte gemächlich die Landstraße entlang, und mit der gleichen Gemächlichkeit ließ sich Stres noch einmal das Gespräch mit dem Erzbischof durch den Kopf gehen. Morgen muss ich die ganze Sache noch einmal von vorne anpacken, dachte er. In Wirklichkeit hatte er nie aufgehört, sich mit ihr zu beschäftigen. Den Gehilfen hatte er sogar von allen anderen Aufgaben freigestellt, damit er in Ruhe das Archiv der alten Dame durchforschen konnte. Angesichts der offensichtlich ernsten Unruhe, welche die Angelegenheit im Zentrum des Fürstentums ausgelöst hatte, schien es allerdings dringend geboten, sich ihr noch einmal nachdrücklich zu widmen. Er würde ein weiteres Rundschreiben an die Gasthäuser und Kontrollstellen schicken, vielleicht eine Belohnung für alle aussetzen, die Hinweise auf den Scharlatan geben konnten, und außerdem jemand nach Böhmen entsenden, um in Erfahrung zu bringen, was dort über Doruntinas Verschwinden geredet wurde. Dieser Einfall heiterte ihn für eine Weile etwas auf. Wieso war er nicht schon früher darauf gekommen? Das hätte eigentlich gleich am Anfang geschehen müssen. Aber macht nichts, beschwichtigte er sich selbst. Es ist noch nicht zu spät.

Stres wollte nach dem Stand der Sonne schauen, doch der Herbsthimmel war ganz mit Wolken zugezogen. Die Sträucher neben der Straße wiegten sich ab und zu im kalten Wind, doch das ließ die Ebene nur noch öder und verlassener erscheinen. Es gibt nur einen einzigen Jesus Christus, dachte Stres an die Worte des Erzbischofs. Gleich darauf fiel ihm ein, dass vielleicht auch Konstantin diese endlose Straße hinuntergeritten war. Das ließ sich durchaus denken. Der Erzbischof hatte sich sehr verächtlich über den Toten geäußert. Allerdings war auch die Meinung des lebenden Konstantin von den Priestern nicht allzu hoch gewesen. Stres hatte ihn nicht sehr gut gekannt, aber durch die Nachforschungen seines Gehilfen im Haus der Vranaj inzwischen doch einiges über ihn erfahren. Die Briefe der alten Dame zeigten, dass Konstantin ganz allgemein von widerspenstiger Natur gewesen war. Neue Ideen hatten es ihm angetan, und er machte sie sich mit einer manchmal reichlich übertriebenen Begeisterung zu eigen. Das galt auch für die Frage, über welche Entfernung hinweg man ein Mädchen in die Ehe zu geben habe. Er war gegen nahe Heirat, und in seinem maßlosen Überschwang wäre er bereit gewesen, auf der Suche nach Schwägern fast bis an das Ende der Welt zu reisen. Aus den Briefen der alten Dame war zu erfahren, dass Konstantin die Auffassung verfocht, fernes Heiraten dürfe nicht länger Privileg von Königen und Fürsten sein, sondern müsse, als Ausdruck von Kraft und Würde, endlich Gemeingut werden, zumal die edle Rasse der Arberier durchaus die Eignung besitze, die Prüfungen der Ferne und die damit eventuell verbundenen Dramen zu bestehen.

Weil Konstantin nicht nur in Bezug auf das Heiraten, sondern auch in vielen anderen Dingen seinen eigenen Kopf hatte und sich ständig mit irgendjemand anlegte, waren der alten Dame Scherereien mit den Autoritäten nicht erspart geblieben. Das wusste gerade Stres gut genug. Meistens war es aber um die Kirche gegangen. Im Archiv fanden sich zwei Briefe, in denen sich der Bischof des Sprengels bei der alten Dame über Konstantins irrige Ideen und seine manchmal kränkenden Worte gegen die byzantinische Kirche beklagte. Die Berichte machten deutlich, dass Konstantin und einige seiner nicht weniger aufsässigen Freunde gegen die Trennung von der römischen Kirche und die Hinwendung zum Osten waren. Weitere, wesentlichere Erkenntnisse wollte der Gehilfe, wie er ankündigte, nach Abschluss seiner Nachforschungen ausführlich berichten.

Stres hatte mit dieser Seite von Konstantins Charakter nie sehr viel anfangen können, obwohl auch seine Wertschätzung für die Kirche sich in Grenzen hielt. Doch das war nichts Besonderes unter den Funktionären des Fürstentums und hatte seine Ursachen. Der seit ewigen Zeiten herrschende Krieg zwischen katholischer und orthodoxer Glaubensrichtung hatte die Autorität der Religion im Fürstentum Arberien erheblich untergraben. Genau hier verlief die Grenzlinie zwischen den beiden Konfessionen, und so war nicht weiter verwunderlich, dass es aus unterschiedlichen, in erster Linie aber politischen und wirtschaftlichen Gründen immer wieder zu Übertritten in die eine oder andere Richtung kam. Inzwischen war man je zur Hälfte katholisch und orthodox, doch durfte dieser Zustand nicht als befestigt gelten, und beide Kirchen machten sich immer noch Hoffnungen, der jeweils anderen Einflusszonen abringen zu können. Dem Fürsten selbst, davon war Stres überzeugt, bereitete die Religion kein großes Kopfzerbrechen. Unter seinen engsten Verbündeten waren katholische Fürsten, während sich im Lager seiner Feinde auch orthodoxe fanden. Tatsächlich war das Fürstentum erst vor einem halben Jahrhundert vom Katholizismus zur Orthodoxie übergegangen, und die römische Kirche hatte das Vertrauen auf eine Umkehr dieser Entwicklung noch keineswegs verloren.

Wie die meisten Funktionäre versuchte sich Stres aus den Angelegenheiten der Kirche herauszuhalten und nahm ihre Weisungen nicht besonders ernst. Auch gefiel ihm nicht besonders, dass nach tausendjähriger Zugehörigkeit zum römischen Christentum ein Teil Arberiens nun von der Ostkirche aufgesogen wurde. Er hegte eine gewisse vage Zuversicht, es werde doch noch die Rückkehr zum altangestammten Christenglauben geben. Schließlich war immer wieder zu hören, der Fürst unterhalte heimlich Verbindungen zu Rom.

Wahrscheinlich hätte sich Stres unter einem Vorwand um den Gang zum Erzbischof gedrückt, wäre nicht vom Fürsten zur Beschwichtigung von Byzanz kürzlich ein wichtiges Schreiben in Umlauf gesetzt worden, das alle Funktionäre des Fürstentums zu behutsamem Umgang mit der Kirche anhielt. Da es um die höchsten Interessen des Staates gehe, so wurde unterstrichen, sei jede Unbotmäßigkeit in dieser Frage zu bestrafen.

All dies zog Stres stückweise durch den Kopf, während er unentwegt in die sich düster ausbreitende Ebene hinausstarrte, die von oktoberlicher Kälte durchdrungen war. Plötzlich zuckte er zusammen. Einige Schritte von der Straße entfernt blitzte hinter dem Gesträuch weiß das Gerippe eines Pferdes auf. Eine Hälfte des Brustkorbs war da und das Rückgrat, doch der Schädel fehlte. O Gott, dachte Stres ein Stück weiter. Wenn das sein Pferd wäre!

Er hüllte die Pelerine fester um sich und versuchte, das Bild aus seinem Gedächtnis zu verdrängen. Trauer war in ihm, doch nicht quälend. Die Grenzen seiner Schwermut zerflossen, und sie mischte sich mit der Weite der Ebene, in der schon der nahende Winter zu spüren war. Weshalb hast du dich aus dem Grab erhoben? Welche Botschaft wolltest du uns bringen? Die Frage, die als Seufzer aus seinem Innern hervordrang, verwirrte Stres, und er schüttelte den Kopf, um wieder zu sich zu kommen. Hatte er nicht für alle, die daran glaubten, nur ein ironisches Grinsen übrig gehabt? Nun lächelte er bitter. Das ist doch verrückt, sagte er sich und gab dem Pferd die Sporen. Was für ein trüber Nachmittag, dachte er wenig später. Es begann zu dämmern, und Stres trieb das Pferd zu schnellerem Gang an. Er versuchte, bis zum Dorf nicht mehr an die Geschichte zu denken. Tief in der Nacht kam er an. Da und dort ein schwaches Lichterfunkeln. Hunde heulten, einmal ganz in der Nähe, dann wieder weit weg. Stres wollte zu seinem Haus, doch unwillkürlich nahm er die große Straße und erreichte bald den Platz vor dem Haus der alten Dame. Andere Häuser gab es nicht, nur diesen düsteren Flecken mit den großen Bäumen, die in der Dunkelheit noch krummer wirkten als sonst. Das mächtige, nun verlassene Gebäude ragte schwarz und drohend auf. Stres ritt zum verschlossenen Außentor und sah eine Weile zu den dunklen Fenstern hinauf, dann wendete er das Pferd. Doch gleich darauf hielt er wieder an. Er war nun zwischen den Bäumen. Obwohl kein Mond schien, musste ein Mensch vom Haustor aus noch zu erkennen sein. Damals am elften Oktober hatten in etwa gleiche Bedingungen geherrscht: eine mondlose Nacht, aber der Himmel nicht bedeckt. Genau an dieser Stelle musste sich Doruntina von ihrem Begleiter getrennt haben. Plötzlich hatte Stres das Gefühl, schon einmal hier gewesen zu sein. Doch die Erinnerung war so wirr, als stiege sie aus Trümmern hervor. Einen Moment lang nahm er nicht einmal den Hufschlag des Pferdes wahr, als führe der Ritt durch die Luft. Unsinn, dachte er. Du hast dir alles so lebhaft ausgemalt, dass Schnipsel des Geschehens wie Flusen an dir hängen geblieben sind. Er hörte wieder Hufeklappern und beruhigte sich … Also an dieser Stelle hatte sich Doruntina von ihrem Begleiter getrennt. Als die Mutter das Tor öffnete, ritt er wohl gerade weg, doch vielleicht hatte sie schon vorher, vom Fenster aus, etwas bemerkt. Etwas, das womöglich den tödlichen Schock hervorgerufen hatte … Stres wendete das Pferd auf der Stelle. Was mochte die alte Dame dort im Halbdunkel entdeckt haben? Ihren toten Sohn, der fortritt? (Die Tochter hatte ihr ja bereits von draußen mitgeteilt: Mein Bruder Konstantin hat mich hergebracht.) Oder eben gerade nicht ihren toten Sohn, und Doruntina hatte sie belogen? Vielleicht, doch das erklärte nicht den Schock. Hatte Doruntina den Unbekannten in der Dunkelheit zum Abschied geküsst? Jetzt reicht es aber, dachte Stres und riss das Pferd jäh herum, weg von der Straße. Ehe er davonritt, sah er sich rasch nach dem verschlossenen Tor um, als wolle er im Dunkeln noch einen letzten ihm nachgesandten Blick erhaschen. Doch da war nichts außer der höhnischen Finsternis.

Viertes Kapitel

Am Morgen nach seiner Rückkehr vom Kloster der drei Kreuze nahm Stres seine Bemühungen zur Enträtselung des Geschehens um Doruntina wieder auf. Er erließ eine Anordnung, die detaillierter war als die Vorige. So sollte nicht nur jeder Verdächtige auf der Stelle festgenommen werden, sondern es wurde auch demjenigen eine Belohnung versprochen, der durch unmittelbares Handeln oder durch seine Angaben zur Ergreifung des Betrügers beitrug. Zudem wies Stres seinen Gehilfen an, alle Personen festzustellen, die von Ende September bis zum elften Oktober nicht im Dorf gewesen waren, und heimlich gegen sie zu ermitteln. Und schließlich hatte einer seiner Leute ziemlich überstürzt die nötigen Vorbereitungen für die lange Reise ins ferne Böhmen zu treffen, um sich dort an Ort und Stelle über Doruntinas Abreise vom Haus des Gatten zu informieren.

Der Mann war noch nicht aufgebrochen, als aus der Kanzlei des Fürsten ein zweiter Befehl eintraf, in dem dringlicher noch als im ersten die raschestmögliche Aufklärung des Falles verlangt wurde. Stres begriff sofort, dass der Erzbischof auch beim Fürsten entsprechend interveniert hatte, was diesen, der um die nachlässige Handhabung kirchlicher Weisungen durch seine Beamten wusste, seinerseits zu einem weiteren Eingreifen veranlasst hatte. Angesichts der in jüngster Zeit angespannten politischen Situation insbesondere in den Beziehungen zu Byzanz, so wurde in dem

Schreiben unterstrichen, müsse allen Untertanen des Fürsten größte Besonnenheit und Einsicht abverlangt werden.

Der Erzbischof wiederum machte keinerlei Anstalten, das Kloster der drei Kreuze zu verlassen. Jetzt hat er sich dort festgesetzt und tut keinen Schritt mehr, dachte Stres. Was soll das? Wahrscheinlich will er uns überwachen, die üblichen Machenschaften.

Stres wurde zunehmend nervöser. Der Gehilfe war dabei, die Nachforschungen im Archiv abzuschließen. Seine Augen waren vom unentwegten Lesen gerötet, und er wirkte sehr nachdenklich. Weißt du überhaupt noch, wo dir der Kopf steht?, versuchte Stres mit einem Scherz die aufreibenden Tage ein wenig aufzuhellen. Wer weiß, was du uns schließlich aus diesem Archiv hervorzauberst? Der Gehilfe rang sich noch nicht einmal ein Lächeln ab, sondern schaute ihn nur merkwürdig an, als ob er sagen wollte: Dir werden die Scherze schon noch vergehen, wenn du erst siehst, was da ans Licht kommt.

Manchmal, wenn er ans Fenster trat, um seinen Blick in der Weite der Ebene auszuruhen, überlegte Stres, ob nicht womöglich alles ganz anders gewesen war, als sie dachten. Vielleicht war die makabre Reise mit dem unbekannten Reiter ja nur eine Ausgeburt von Doruntinas überreiztem Hirn. Schließlich war niemand ein Berittener aufgefallen, und auch von der einzigen Augenzeugin, der alten Dame, die das Tor geöffnet hatte, gab es keine Bestätigung. O Gott, womöglich war alles nur Einbildung, dachte er. Vielleicht hatte Doruntina auf irgendeine Weise von dem Unglück ihrer Familie erfahren und hatte sich daraufhin, halbverrückt vor Entsetzen, auf den Weg gemacht? In dieser Verfassung mochte sie Monate oder gar Jahre unterwegs gewesen sein und doch die Reise als eine einzige lange Nacht erlebt haben. Anders waren die über den Himmel hetzenden Sternenschwärme nicht zu erklären. Außerdem, wer sich einbildete, er habe die mindestens zehn Tagesreisen von Böhmen hierher über Nacht zurückgelegt, dem kamen hundert Tage auch nicht länger vor. Einem solchen Menschen war jedes Hirngespinst zuzutrauen.

Stres versuchte vergeblich, sich zu erinnern, ob ihm bei ihrer letzten Begegnung irgendwelche Anzeichen von Geisteskrankheit in Doruntinas Zügen aufgefallen waren. Sie entzogen sich immer wieder dem Zugriff seiner Imagination. Schließlich versuchte er nur noch, den Argwohn aus seinem Kopf zu vertreiben, denn er fühlte bei sich jeden Eifer zur Fortsetzung der Ermittlungen erlahmen. Bald wird sich auch dies aufklären, sagte er sich. Soll nur erst mein Kurier aus Böhmen zurückkehren.

Seit eineinhalb Tagen war sein Beamter unterwegs nach Böhmen, als Stres die Nachricht erhielt, Leute aus der Familie von Doruntinas Mann seien von dorther eingetroffen. Zuerst meinte man, es sei der Gatte selbst, doch dann wurde schnell klar, dass es sich um zwei seiner Vettern handelte.

Stres schickte einen Boten los, um den Böhmenfahrer zurückzuholen, dann brach er eilig auf, um sich mit den Ankömmlingen zu unterhalten, die im Gasthof zum Kreuzweg abgestiegen waren.

Es waren zwei junge Männer, die sich so sehr glichen, dass man sie fälschlich für Zwillinge hätte halten können. Müde und abgespannt von der langen Reise, hatten sie sich, als Stres eintraf, noch nicht einmal waschen und umziehen können. Er streifte die staubigen Haare der Reisenden mit einem so merkwürdigen Blick, dass sich einer der beiden mit fast schuldbewusstem Lächeln über den Kopf strich und in einer gänzlich unverständlichen Mundart etwas sagte.

»Was für eine Sprache sprechen sie?« fragte Stres seinen Gehilfen, der schon kurz vor ihm im Gasthof angekommen war.

»Weiß der Teufel«, antwortete der Gehilfe. »Es kommt mir vor wie Deutsch mit spanischen Brocken dazwischen. Ich habe bereits nach einem der Mönche aus dem Alten Kloster geschickt, die fremde Sprachen sprechen. Ich glaube, er wird bald da sein.«

»Mit meinem bisschen Latein konnte ich mich leidlich mit ihnen verständigen«, sagte der Wirt. »Aber Gutes haben sie nicht zu berichten.«

»Vielleicht sollte man ihnen Gelegenheit geben, sich ein wenig zu waschen und auszuruhen«, wandte sich Stres an den Wirt. »Sag ihnen, wenn sie wollen, können sie hinaufgehen, bis der Dolmetscher kommt.«

Der Wirt radebrechte etwas in Lateinisch, die beiden nickten und stiegen dann nacheinander die Holztreppe hinauf, die knarrte, als wolle sie gleich zusammenbrechen. Stres starrte unentwegt auf ihre staubigen Kleider.

»Haben sie etwas gesagt?« fragte er, als das Ächzen der Stiege aufgehört hatte. »Wussten sie, dass Doruntina tot ist?«

»Sie hatten schon unterwegs erfahren, dass sie und ihre Mutter gestorben sind«, erwiderte der Gehilfe. »Und bestimmt auch noch einiges andere.«

Stres begann im großen Gastraum der Herberge, der zugleich als Durchgangsstation zu den Zimmern diente, auf und ab zu gehen. Die Übrigen, der Gehilfe, der Wirt und noch ein anderer Mann, sahen ihm schweigend zu. Keiner wagte zu reden. Dieser Dolmetscher lässt aber auf sich warten, sagte Stres mehrmals, obwohl er selbst auch noch nicht sehr lange da war.

Der Mönch vom Alten Kloster kam nach einer halben Stunde. Stres schickte sogleich den Wirt nach den Fremden.

Sie kamen hintereinander die Holztreppe herunter, die, so kam es Stres vor, immer lauter knarrte. Vom größten Teil des Staubes befreit, wirkten ihre Haare übermäßig hell.

»Sagen Sie ihnen, ich sei Hauptmann Stres«, wandte er sich an den Mönch, »zuständig für die öffentliche Ordnung in dieser Gegend. Ich nehme an, die beiden sind gekommen, um sich nach Doruntina zu erkundigen?«

Der Mönch sagte etwas zu den Fremden, doch die blickten sich nur verständnislos an.

»Was ist das für eine Sprache?« fragte Stres.

»Ich versuche es nun mit einer anderen«, sagte der Mönch, ohne Stres' Frage zu beantworten.

Er sprach wieder, und die beiden Fremden reckten ihm mit dem gequälten Ausdruck mühsamen Verstehenwollens die Köpfe entgegen. Dann sagte einer von ihnen etwas, und nun erschien dieses leidvoll Verkrampfte in den Zügen des Mönches. So ging es zwischen den beiden Parteien noch eine Weile hin und her, bis dem Mönch schließlich ein paar zusammenhängende Sätze gelangen, die von den beiden Fremden mit freudigem Kopfnicken quittiert wurden.

»Habe ich es also doch noch herausgefunden«, meinte der Mönch. »Sie sprechen ein slawisch gefärbtes Deutsch. Ich glaube schon, dass wir uns einander verständlich machen können.«

Stres machte keine langen Umschweife.

»Sie sind genau zur richtigen Zeit gekommen«, sagte er. »Ich glaube, Sie wissen schon, was mit Doruntina, der Frau Ihres Vetters, geschehen ist. Das war für uns alle sehr traurig.«

Die Gesichter der Fremden verdüsterten sich sogleich.

»Eben erst habe ich jemand in Ihr Land geschickt, um die Umstände ihrer Abreise zu erfahren«, fuhr Stres fort. »Doch nun sind Sie ja da, und bestimmt können wir uns gegenseitig weiterhelfen. Ich nehme an, beide Seiten sind gleichermaßen an der Wahrheit interessiert.«

Die beiden Fremden nickten.

»Als wir uns auf den Weg machten, waren wir noch ganz ahnungslos«, sagte der eine. »Wir wussten nicht mehr, als dass Doruntina, die Frau unseres Vetters, ganz plötzlich und unter merkwürdigen Umständen mit ihrem Bruder Konstantin weggegangen war.«

Er schwieg einen Augenblick, um die Übersetzung des Mönches abzuwarten. Der andere sah ihn unentwegt aus hellen Augen an.

»Unterwegs, und zwar bereits ein ganzes Stück von hier entfernt«, setzte der Erste seinen Bericht fort, »erfuhren wir, dass die Frau unseres Vetters zwar im Elternhaus eingetroffen ist, dass aber ihr Bruder Konstantin, der angebliche Reisebegleiter, schon seit drei Jahren nicht mehr lebt.«

»Ja«, meinte Stres, »genauso ist es.«

»Wir erfuhren außerdem, dass sie und die alte Dame verstorben sind, und waren sehr betrübt.«

Der Fremde schlug den Blick nieder. Das eintretende Schweigen nutzte Stres, um den Wirt und ein paar Neugierige, die sich zu ihnen gesellt hatten, durch Gesten zu verscheuchen.

»Habt ihr denn hier keinen anderen Raum?« rief Stres dem Wirt hinterher.

»Doch, Herr Hauptmann«, antwortete dieser, »hier hinten gibt es ein ruhiges Eckchen. Folgen Sie mir.«

Nacheinander betraten sie ein kleines Zimmer, und Stres lud die Fremden ein, auf den geschnitzten Stühlen Platz zu nehmen.

»Als wir aufbrachen, ging es uns eigentlich nur darum, ihr Verschwinden aufzuklären«, fuhr der eine der beiden Ankömmlinge fort. »Also herauszufinden, ob sie wirklich nach Hause gereist war, weshalb, ob sie überhaupt die Absicht hatte, zurückzukommen, und außerdem alle möglichen anderen Dinge, auf die man in solchen Fällen zwangsläufig kommt.« – Während der Mönch übersetzte, ließ der Fremde Stres nicht aus den Augen. Vermutlich wollte er überprüfen, ob seine Worte auch unverfälscht ankamen. – »Wenn jemand unter solchen Umständen verschwindet, das wissen Sie selbst, dann denkt man …«

»Natürlich«, erwiderte Stres, »ich begreife Sie sehr gut.«

»Aber jetzt stellt sich die Sache für uns völlig anders dar«, fuhr der Ankömmling fort. »Der Bruder tot, ohne dass Doruntinas Gatte, unser Vetter, davon weiß. Das macht die ganze Angelegenheit noch undurchsichtiger, verstehen Sie? Wenn der Bruder der jungen Frau bereits drei Jahre tot ist, wer brachte sie dann hierher?«

»Gewiss«, sagte Stres. »Diese Frage beschäftigt seit Tagen nicht nur mich, sondern auch viele andere Leute hier.«

Stres hatte den Mund noch geöffnet und wollte weitersprechen, verlor aber plötzlich den Faden. Vor seinem inneren Auge tauchte ein im Licht des Nachmittags bleich schimmerndes, wie vom Albtraum in die weite, öde Ebene hineingeschleudertes Pferdegerippe auf.

»Hat jemand den Reiter gesehen?« fragte er.

»Wo? Welchen Reiter?« fragten die Fremden wie aus einem Munde.

»Der Doruntina mitnahm. Den man für ihren Bruder hielt.«

»Ach ja. Da waren ein paar Frauen, aber in einigem Abstand. Sie sagen, sie hätten vor dem Haus unseres Vetters einen Reiter gesehen, und Doruntina, die eilig zu ihm auf das Pferd stieg. Außerdem war da ja noch ihre Nachricht.«

»Stimmt«, rief Stres, »sie erwähnte mir gegenüber einen Zettel. Haben Sie ihn gesehen?«

»Wir haben ihn sogar mitgebracht«, sagte der andere Fremde, der bisher meist geschwiegen hatte.

»Was? Sie haben den Zettel dabei?!«

Hatte er richtig gehört? Doch der Fremde kramte schon in seiner ledernen Tasche und zog endlich wirklich ein Stück Papier hervor. Stres beugte sich vor, um es anzuschauen.

»Ihre Handschrift«, hörte er hinter sich die Stimme seines Gehilfen. »Ich kenne sie gut.«

Stres starrte auf die großen, von ungelenker Hand hingeworfenen Buchstaben. Die Worte verstand er nicht, denn sie waren in einer fremden Sprache. Eines, ganz am Schluss, war durchgestrichen.

»Was steht hier?« fragte Stres und beugte sich noch weiter vor. Nur ein Name sagte ihm etwas, der des Bruders, doch die Schreibweise war anders als im Albanischen: Constanthin. – »Was steht da sonst noch?« wiederholte er seine Frage.

»Ich gehe mit meinem Bruder Konstantin weg«, übersetzte der Mönch.

»Und das durchgestrichene Wort?«

»Das bedeutet ›wenn‹.«

»Also: Ich gehe mit meinem Bruder Konstantin weg. Wenn ... «, wiederholte Stres. »Was hat dieses ›wenn‹ zu bedeuten, und warum hat sie es ausgestrichen?«

Um die Wahrheit zu verschleiern? fuhr es Stres durch den Kopf. Der letzte Versuch, etwas zu verheimlichen? Ein spontaner Meinungswandel?

»Möglicherweise brachte sie in der fremden Sprache keine weiteren Erklärungen zustande«, sagte der Mönch, der immer noch auf das Papier starrte. »Auch sonst gibt es viele Schreibfehler.«

Niemand sagte etwas.

Stres hatte nur noch den einen Gedanken: Vor ihm lag

endlich ein richtiges Beweisstück. In diesem ganzen neblig wabernden Albtraum tauchte am Ende ein Stückchen Papier mit Buchstaben von ihrer Hand auf. Zudem hatten Frauen den Reiter gesehen, also gab es ihn wirklich.

»Wann genau war das?« fragte er. »Können Sie sich erinnern?«

»Das war am neunundzwanzigsten September«, antwortete einer der beiden.

Endlich entwirrte sich also auch die zeitliche Abfolge. Eine sehr, sehr lange Nacht mit Sternenschwärmen, die über den Himmel hetzten, hatte Doruntina gesagt. In Wahrheit ging es um eine Reise von zwölf oder besser dreizehn Tagen.

Stres war auf eigentümliche Art erschüttert. Die wirklich aufregenden Informationen, die er eben erhalten hatte, von Doruntinas Brieflein, dem Reiter, der sie abgeholt hatte, den dreizehn Tagen der Reise, gaben ihm keine Sicherheit, sondern stattdessen nur ein Gefühl tiefer Leere. Ihre Nachbarschaft zum Unwirklichen milderte die bestürzende Wirkung nicht, sondern verstärkte sie eher noch. Stres fand keine Worte.

»Wollen Sie den Friedhof besuchen?« fragte er schließlich.

»Gewiss, natürlich«, antworteten die beiden Ankömmlinge gleichzeitig.

Sie brachen auf, so wie sie waren und zu Fuß. Dutzende von Augen verfolgten von Fenstern und Veranden aus ihren Gang zur Kirche. Der Friedhofswärter hatte das eiserne Tor bereits geöffnet. Stres ging voraus. Die Absätze seiner Stiefel rissen Lehmbrocken aus dem Boden. Ein wenig verwirrt gingen die Fremden durch die Reihen der Gräber.

»Hier liegen ihre Brüder«, sagte Stres und machte vor den mit schwarzem Stein bedeckten Gräbern Halt. »Und dort die alte Dame und Doruntina.« Er wies auf zwei Erdhügel, in denen noch provisorische Holzkreuze steckten.

Die beiden Ankömmlinge standen eine Weile bewegungslos und mit gesenkten Köpfen da. Ihr Haar glich nun dem Kerzenwachs, das über die Ränder der Ikonenschreine geronnen war.

»Hier liegt Konstantin.«

Stres' Stimme schien von weither zu kommen. Den ein wenig nach rechts gesunkenen Grabstein hatte man noch nicht wieder aufgerichtet. Der Gehilfe warf Stres einen Blick zu, las jedoch an dessen Miene ab, dass es besser war, von den verschobenen Grabplatten gar nicht erst anzufangen. Auch der Friedhofswärter, der die Gruppe in einigem Abstand begleitet hatte, hielt den Mund.

»Das ist alles, was von der Familie übrig geblieben ist«, meinte Stres, als sie wieder auf die Straße hinaustraten. »Ein Haufen Gräber.«

»Sehr traurig, wirklich«, sagte einer der Fremden.

»Doruntinas Rückkehr hat uns sehr beunruhigt«, fuhr Stres fort. »Vielleicht mehr, als Euch dort ihr Verschwinden.«

Unterwegs unterhielten sie sich wieder über die mysteriöse Reise der jungen Frau. Unter solchen Umständen wegzugehen, da waren sie sich einig, das sei auf keinen Fall zu billigen.

»Hatte sie Kummer?« fragte Stres. »Ich meine, sie wird sich doch sicher nach ihren Angehörigen gesehnt haben.«

»Natürlich«, antwortete einer der beiden.

»Wahrscheinlich war die Einsamkeit wegen der Sprachprobleme am Anfang noch schwerer zu ertragen. Hat sie anklingen lassen, dass sie sich Sorgen wegen ihrer Familie machte?«

»Oft. Besonders in letzter Zeit.«

Dort war es so unsäglich einsam …

»Aha, besonders also in letzter Zeit«, wiederholte Stres.

»Ja, in letzter Zeit. Sie lebte in ständiger Angst, weil sich niemand von zu Hause meldete.«

»In Angst?« fragte Stres. »Hat sie denn nie darum gebeten, selbst einmal hinfahren zu dürfen?«

»Doch, mehrmals. Unser Vetter, ihr Gatte, versprach ihr, sie selber hinzubringen, falls sich bis zum Frühjahr niemand melden sollte.«

»So?«

»Ja. Um ehrlich zu sein, wir alle hatten allmählich den Verdacht, dass dort etwas passiert war.«

»Offenbar wollte sie den Frühling nicht abwarten«, meinte Stres.

»So sieht es aus.«

»Als sie verschwand, hat ihr Mann gewiss …«

Die Fremden sahen einander an.

»Gewiss. Alles war ja auch äußerst merkwürdig. Ihr Bruder war gekommen, um sie abzuholen, hatte aber angeblich keine Zeit gefunden, wenigstens Guten Tag zu sagen? Warum diese Eile, warum wollte er niemand begegnen? Sicher, da war es zwischen unserem Vetter und Konstantin zu diesem Zwischenfall gekommen, aber das lag lange zurück. Außerdem …«

»Was für ein Zwischenfall?« unterbrach ihn Stres.

»Am Hochzeitstag«, meldete sich der Gehilfe leise. »Die alte Dame erwähnt es in ihren Briefen.«

»Also, wie dem auch sei«, fuhr der Fremde fort, »das Verhalten ihres Bruders war völlig unverständlich. Wenn es überhaupt ihr Bruder war.«

»Entschuldigen Sie, dass ich Sie unterbreche«, sagte Stres, »aber genau das wollte ich Sie fragen: Argwöhnte ihr Mann, dass es vielleicht gar nicht ihr Bruder gewesen war?«

Die beiden blickten einander wieder an.

»Ja, natürlich. Wie soll ich es sagen? Natürlich hatte er

den Verdacht. Entweder es war der Bruder oder ein anderer Mann ... Es kommt alles Mögliche vor auf dieser Welt. Nur, so richtig vorstellen konnte sich das niemand. Die beiden kamen gut miteinander aus. Sicher litt Doruntina ein wenig, sie war ja Ausländerin und konnte sich nicht richtig verständigen, und dann vor allem das Heimweh. Trotzdem, die beiden liebten sich.«

»Aber dieses Verschwinden ...«, mischte der andere sich ein.

»Nun, wenn ich offen bin, das war schon suspekt. Deshalb auch die Bitte unseres Vetters, dass wir diese Reise unternehmen, um Klarheit zu schaffen. Doch hier herrscht ja ein noch größeres Durcheinander.«

»Durcheinander?« erwiderte Stres. »Nun ja, bis zu einem gewissen Grad mag das stimmen. Jedenfalls lässt sich mit Sicherheit sagen, dass Doruntina zu Hause angekommen ist.«

Er sprach langsam, als falle ihm das Reden schwer. Dabei fragte er sich: Warum nimmst du sie bloß immer noch in Schutz?

»Das stimmt«, sagte einer der beiden Fremden. »Einerseits sind wir tatsächlich ein wenig beruhigt. Doruntina ist nach Hause gereist. Aber da taucht dann gleich das zweite Rätsel auf: Die angebliche Reise mit einem Bruder, der schon lange tot ist. Zwangsläufig stellt sich die Frage, wer sie nun wirklich hergebracht hat. Irgendjemand hat sie ja schließlich abgeholt, oder? Mehrere Frauen haben den Reiter gesehen. Warum hat sie gelogen?«

Stres schaute nachdenklich vor sich hin. Faules Laub schwamm auf den Pfützen. Ihnen zu sagen, dass ihm alle diese Fragen auch schon selbst gekommen waren, erübrigte sich. Und ebenso unnötig kam es ihm vor, den Verdacht auszusprechen, dass sie es mit einem Betrüger zu tun hatten, obwohl der sich aufdrängte.

»Ich weiß nicht, was ich dazu sagen soll«, meinte er schulterzuckend. Er war müde.

»Auch wir wissen nicht, was wir dazu sagen sollen«, sagte der Schweigsamere der beiden. »Alles ist so betrüblich … Morgen reisen wir ab. Wir haben hier nichts mehr zu suchen.«

Stres gab keine Antwort.

Sie haben hier wirklich nichts mehr zu suchen, dachte er stumpf.

Die Fremden machten sich am nächsten Morgen auf den Heimweg, und Stres merkte, dass sein Verstand nur ihren Aufbruch abgewartet hatte, um vielleicht zum letzten Mal ungestört die Geschichte mit Doruntina überdenken zu können. Dass der Ehemann seine beiden Vettern losgeschickt hatte, um Doruntinas Angaben zu überprüfen, zeigte unmissverständlich, dass er sie des Ehebruchs verdächtigte. Wahrscheinlich sogar zu Recht. Wie es aussah, war die ganze Sache viel unkomplizierter, als man gemeint hatte. Banale Ereignisse schafften es ja oft, gleichsam als Akt der Selbstverteidigung gegen die Erkenntnis ihrer Alltäglichkeit, den Leuten die Köpfe zu verwirren. Stres hatte das Gefühl, des Rätsels Lösung doch noch näher zu kommen. Bisher hatte er stets an einen Betrüger gedacht, doch offenbar war es gerade umgekehrt. Niemand hatte Doruntina hinters Licht geführt, sondern diese hatte ihren Gatten getäuscht, ihn besonders, aber auch die Mutter und die übrigen Leute. Sie hat uns alle betrogen, dachte Stres in einer Mischung aus Trauer und Wut.

Das Misstrauen gegen Doruntina hatte sich schon früher manchmal bei ihm gemeldet, dann aber stets in dem Nebel wieder aufgelöst, der das Ereignis umgab. Das war nicht weiter verwunderlich bei all den Unbekannten, mit denen sie es zu tun hatten. Er brauchte sich nur an seinen alten Verdacht zu erinnern, dass es womöglich weder Reiter noch Ritt gegeben hatte und dass Doruntina Monate oder gar Jahre nach Hause unterwegs gewesen war. Das hätte auf geistige Verwirrung schließen lassen, die jede Logik außer Kraft setzte. Doch nach dem Auftauchen der beiden Böhmen war daran nicht mehr zu denken. Inzwischen hatte er mit eigenen Augen ihre Nachricht gesehen, in der sie ankündigte, mit jemand weggehen zu wollen. Außerdem gab es da noch die Frauen, die den Reiter beobachtet hatten, und vor allem ein Datum, den neunundzwanzigsten September. Nun gibt es keine Ausflüchte mehr, dachte Stres nicht ohne ein gewisses Bedauern. Er konnte nicht behaupten, dass ihn des Rätsels Lösung besonders befriedigte. Vielleicht hatte er sich so in die Ungewissheit verliebt, dass es ihm schwerfiel, davon Abschied zu nehmen. Außerdem fühlte er sich irgendwie verraten.

Es war also doch nur eine Liebesaffäre gewesen, trotz der furchterregenden Staffage. Das war der Kern. Der Rest war nebensächlich. Seine Frau hatte von Anfang an den richtigen Riecher gehabt. Das war ja oft so bei Frauen. So muss es gewesen sein, versuchte Stres die Erkenntnis so tief wie möglich in sich zu verankern. Ein Ausflug mit dem Liebhaber, auch wenn das Desaster Liebe und Sex begleitete. Aber vielleicht war das ja sogar ein verstärkender Faktor. Wenn ich diese Reise nur noch einmal machen könnte, hatte sie gesagt. Natürlich, Doruntina, natürlich.

Er dachte nicht schlecht von ihr, sondern war nur irgendwie müde. Zuerst schleppend, dann immer wirksamer begann der vertraute Mechanismus seines Gehirns an der Rekonstruktion des Geschehens zu arbeiten. Manchmal musste er an die beiden Fremden denken, die sich zur Mitte Europas hin entfernten und sich unterwegs wahrscheinlich ebenfalls mit dem Ereignis auseinandersetzten. Mit Sicherheit äußerten sie sich untereinander weit weniger zurückhaltend, als sie es hier getan hatten, und trugen alle Hinweise zusammen, selbstgesammelte und gehörte, die dafür sprachen, dass die junge Frau ihren Mann betrogen hatte.

Allmählich rundete sich für Stres das Bild ab: Bald nach der Hochzeit erkennt Doruntina, dass sie den Ehemann nicht mehr liebt, ist bekümmert, bereut die Verbindung. Hinzu kommt, dass sie die fremde Sprache nicht versteht, sich einsam fühlt. Am quälendsten aber ist das Heimweh. Sie denkt an das Hin und Her vor ihrer Heirat, die langen Diskussionen, die Argumente pro und kontra. Und ist noch bedrückter. Zudem lässt sich keiner ihrer Brüder blicken, auch nicht Konstantin, der es doch versprochen hat. Manchmal befällt sie eine böse Ahnung, doch sie drängt sie weg, denn schließlich hat sie ja nicht nur zwei, sondern neun Brüder, alle in der Blüte ihrer Jahre. Schon eher hält sie für möglich, dass man sie einfach vergessen hat. Man schiebt die einzige Schwester irgendwohin ab, wo sich Fuchs und Hase Gute Nacht sagen, und verschwendet dann keinen Gedanken mehr an sie. In den wachsenden Kummer mischt sich eine gewisse Feindseligkeit gegenüber dem Ehemann, der an allem schuld ist. Was hat ihn bloß dazu getrieben, aus seinem gottverlassenen Winkel hervorzukriechen, um ihr Leben zu zerstören? Aus Freudlosigkeit und Kummer heraus entsteht so etwas wie Rachsucht. Ich gehe einfach weg, verlasse dich! Aber wohin? Sie ist eine dreiundzwanzigjährige Frau und ganz allein in einer fremden Umwelt. Womit sonst könnte sie sich unter diesen Umständen trösten als mit einer Liebesaffäre? Vielleicht lässt sie sich darauf ein, ohne groß nachzudenken, einfach um diese Leere auszufüllen. Dem ersten Besten, der sie bedrängt, gibt sie sich hin. Wahrscheinlich ist es ein Reisender, knüpfen sich doch an den Begriff Reise alle ihre Hoffnungen. Sie beschließt spontan, mit ihm fortzulaufen. Zuerst möchte sie weg, ohne eine Nachricht zu hinterlassen, dann im letzten Moment meldet sich doch noch ein Rest Mitleid mit dem Ehemann, vielleicht auch ein Gefühl von Anstand (immerhin kommt sie aus einer Familie, in der großer Wert auf solche Dinge gelegt wird), auf jeden Fall entschließt sie sich zu einer kurzen Notiz. Dabei mag sie noch einmal schwanken, ob sie dem Gatten nun die Wahrheit sagen soll oder nicht. Wahrscheinlich eher aus Rücksichtnahme, um ihn nicht in seinem Stolz zu kränken, als aus anderen Gründen schreibt sie auf ihren Zettel, sie sei mit ihrem Bruder Konstantin weggegangen. Das scheint ihr schon deshalb glaubhaft zu klingen, weil alle, und natürlich auch ihr Mann, von Konstantins Versprechen wissen, sie aus freudigem oder traurigem Anlass abzuholen.

Und so läuft sie kurz entschlossen mit ihrem Liebhaber weg. Ob er ihr schon die Heirat versprochen hat, ist jetzt unwichtig. Sie vertraut auf die Möglichkeit, mit ihrem Geliebten später einmal nach Hause zurückzukehren, den Brüdern und der Mutter alles zu erklären, ihren Kummer zu schildern, wie allein sie gewesen sei (dort war es so unsäglich einsam …). Vielleicht werden sie ihr das Abenteuer dann verzeihen, so dass sie mit ihrem zweiten Mann wieder bei ihren Angehörigen leben kann, ohne jemals wieder fort zu müssen … fort zu müssen …

Doch alle diese Überlegungen sind noch verworren und zusammenhanglos. Jetzt, da sie noch ganz dem Glück des Augenblicks lebt, hat sie keine Lust, sich Gedanken über die Zukunft zu machen. Das wird sich schon finden. Und so zieht sie im Rausch des Hochgefühls mit ihrem Geliebten von Gasthaus zu Gasthaus (gewiss haben sie ihren Schmuck verkauft).

Doch der Segen hält nicht lange vor. In einer dieser Absteigen (wo kann man leichter etwas erfahren als an langen

Herbstabenden in Straßenschänken) erfährt sie vom Unglück ihrer Familie, vielleicht alles, vielleicht auch nur einen Teil. Oder sie kann sich zusammenreimen, was geschehen ist, nachdem sie von der pestkranken Armee hat reden hören, durch die halb Arberien verwaist ist. Sie wird fast wahnsinnig. Reue, Entsetzen, Angst, Gewissensqualen werfen sie aus dem Gleichgewicht. Sie drängt den Geliebten, sie nach Hause zu begleiten, sofort, und er gibt nach. Auf verschlungenen Wegen durch verschiedene Staaten und Fürstentümer bringt also sie, Doruntina, den unbekannten Reiter hierher, und nicht er sie.

Je näher sie Arberiens Grenzen kommen, desto angestrengter sucht sie nach einer Antwort auf die unvermeidliche Frage, wer sie herbegleitet hat. Vorher hat sie sich darüber nicht den Kopf zerbrochen. Erst einmal zu Hause, wird ihr schon etwas einfallen. Jetzt aber ist dieses Zuhause nicht mehr fern. Sie wird ihr Kommen rechtfertigen müssen. Wenn sie sagt, ein ganz Unbekannter habe sie hergebracht, wird man ihr nicht glauben. Zu gestehen, dass sie einen Liebhaber hat, ist unmöglich. Jetzt bedrückt sie alles, was ihr bislang nur ein paar verstreute Gedanken ohne logischen Zusammenhang wert gewesen ist, plötzlich immer mehr. Sie zermartert sich das Gehirn auf der Suche nach einem Ausweg. Konstantins Versprechen fällt ihr ein, und ohne langes Zögern beschließt sie, einfach zu behaupten, Konstantin habe sie hergebracht, um sein Wort einzulösen. Sie weiß also, dass Konstantin sich nicht im Haus befindet, fehlt, das heißt tot ist. Das ganze Ausmaß der Tragödie, die über ihre Familie hereingebrochen ist, kennt sie zwar noch nicht, aber von seinem Tod hat sie schon erfahren. Offenbar hat sie sich ganz besonders nach ihm erkundigt. Weshalb? Nun, zwangsläufig spielt er in ihren Überlegungen eine größere Rolle als die anderen, denn immerhin war er es, der sie heimzuholen versprochen hat. In den Tagen ihres Kummers hat sie an der staubigen Straße auf ihn gewartet.

Bald wird sie zu Hause sein, und eine andere Ausrede, als dass der Tote sie hergebracht habe, würde ihrem verwirrten Gehirn so schnell sowieso nicht mehr einfallen. Also wird sie behaupten, der Tote habe sie hergebracht. Und dann klopft sie an das Tor. Mit dem Geliebten hat sie vereinbart, dass er unsichtbar bleiben, anderswo auf sie warten soll. Vielleicht hat sie sich für ein paar Tage später mit ihm verabredet. Die Mutter stellt von drinnen die erwartete, Frage. Mit wem bist du gekommen? Doruntina antwortet: Mit Konstantin. Die Mutter antwortet: Konstantin ist tot, aber das weiß Doruntina ja schon. Warte, ich möchte dich noch einmal küssen, solange das Tor noch geschlossen ist, flüstert sie ihrem Geliebten zu, und im Halbdunkel gibt sie ihm einen Abschiedskuss. Gerade diesen beobachtet die alte Dame vom Fenster aus mit Entsetzen. Wähnt sie, der Sohn sei dem Grab entstiegen, um die Tochter heimzubringen? Wahrscheinlicher muss ihr vorkommen, dass es nicht ihr Sohn ist, sondern ein Unbekannter. Doch ob Doruntinas Kuss nun einem Toten oder einem Lebenden gegolten hat, beides wäre gleichermaßen entsetzlich für sie. Eher denkt sie aber wohl das Zweite, dass nämlich Doruntina einen Unbekannten küsst. Die Lasterhaftigkeit der Tochter wird ihr erschreckend klar: Anstatt zu trauern, vergnügt sich das lose Ding mit einem Herumtreiber.

Was es zwischen Mutter und Tochter an Beteuerungen, Verwünschungen, Tränen gibt, nachdem die Tür aufgegangen ist, wird niemand je erfahren.

Dann aber überstürzen sich die Ereignisse. Doruntina erfährt das Ausmaß der Tragödie, und selbstverständlich hat sie bis zum Ende keinen Kontakt mehr zu ihrem Liebhaber. Stres' Fehler ist gewesen, dass er in seiner ersten Order an die Gasthäuser und Kontrollstellen die Aufmerksamkeit auf ankommende Reiter gelenkt hat (Mann und Frau auf einem Pferd oder auf verschiedenen Pferden), anstatt auch Einzelreisende miteinzubeziehen, die sich in Richtung Grenze entfernen. Durch den zweiten Befehl hat er diesen Fehler korrigiert, und noch immer gibt er die Hoffnung auf Ergreifung des Unbekannten nicht auf, zumal dieser sich ja eine Zeitlang hat verstecken müssen, um die Ereignisse abzuwarten. Selbst wenn er der Festnahme bisher entgangen ist, muss er doch wohl irgendwo aufgefallen sein, so dass man die benachbarten Fürstentümer und Grafschaften, die noch unter dem Einfluss von Byzanz stehen, benachrichtigen kann, damit man ihn, wo er auch immer sei, verhaftet.

Ehe Stres zum Essen nach Hause ging, erkundigte er sich noch einmal bei seinem Gehilfen nach Neuigkeiten aus den Gasthäusern. Der schüttelte den Kopf. Stres warf sich die Pelerine über und wollte schon hinausgehen, als der Gehilfe sagte:

»Ich bin im Archiv fertig. Wenn Sie morgen Zeit haben, würde ich Ihnen gerne berichten.«

»So? Und was ist dabei herausgekommen?«

Der Gehilfe sah ihn fest an.

»Ich habe mir eine eigene Meinung gebildet«, sagte er leise. »Sie unterscheidet sich von allen anderen ...«

»Ach?!« meinte Stres und lächelte an ihm vorbei. »Dann auf Wiedersehen. Morgen werde ich mir deinen Bericht anhören.«

Den Heimweg legte er fast ohne zu denken zurück. Ein paarmal fielen ihm die beiden Fremden ein, die nun zurück nach Böhmen ritten und dabei wahrscheinlich die gleichen Gedanken wälzten wie er vor kurzem.

»Weißt du«, überfiel er seine Frau, kaum dass sie ihm die

Tür geöffnet hatte, »wie es aussieht, hast du recht behalten. Bei der Geschichte mit Doruntina handelt es sich wohl doch nur um eine Liebesaffäre.«

»Ach!« Ihre Augen glänzten, und Genugtuung überhauchte rötlich ihre Wangen.

»Zwei Vettern ihres Mannes haben uns besucht, und nun ist alles klar«, fuhr er fort, während er seine Pelerine ablegte.

Als er sich am Kamin niederließ, nahm er mehr indirekt als hörend und schauend wahr, wie sich das Haus belebte: Flinker waren nun die vertrauten Bewegungen seiner Frau beim Zubereiten der Mahlzeit, lebhafter klapperten die Töpfe, und selbst die Speisen schienen angenehmer zu duften. Als sie die Teller auf das niedrige Holztischchen stellte, meinte er in ihren Augen ein dankbares Schimmern zu erkennen, das den seit Tagen zwischen ihnen herrschenden Frost vertrieb. Da dieses Glänzen während des Essens immer schmeichelnder und verheißungsvoller wurde, schickte Stres, als sie fertig waren, die Kinder gleich ins Bett, während er sich selbst mit lange nicht mehr verspürten Regungen ins Schlafzimmer zurückzog, um sie dort zu erwarten. Als sie wenig später mit frischgekämmten Haaren und unverändertem Glanz unter den Wimpern kam, begriff Stres plötzlich, dass die Tote auch künftig auf ihr Leben einwirken würde, physische Begierde, wie diesmal, oder Frost erzeugend.

Hungriger als gewöhnlich drang er in sie ein. Sie war ebenfalls wie im Rausch. Ihr Unterleib reckte sich ihm entgegen, während er so eifrig hineinstieß, als suche er tief darin noch einen andern Schoß, den er für einen flüchtigen Moment sogar zu finden meinte, dort, wo eine andere Nacht und eine andere Feuchte begannen. Dann wichen die Lippen weiter zurück, lockten ihn hinab in eine verschlossene, weil jenseitige Zone. Als sein Samen sich in diese fremde, für ihn selbst unerreichbare Finsternis hinein ergoss, stieß er ein fast unmenschliches Stöhnen aus. O Gott, dachte er und spürte, wie der Strom ihn mit in den Abgrund hinabriss.

Dann lag, den Widerschein eines Lächelns auf den geröteten Wangen, seine Frau neben ihm und flüsterte Dinge, zu denen sie sich in den ganzen Jahren ihrer Ehe noch nie erkühnt hatte. Selten sei sie so ... geil gewesen, und sein ... Schwanz noch nie so ... hart, so ...

An jedem anderen Tag hätte er auf solchen Wagemut konsterniert reagiert, heute nicht. Was wolltest du noch sagen? fragte er, ohne sie anzuschauen. Sie lächelte verlegen. Es war nur so ein komisches Gefühl, antwortete sie. Weil, er war nicht bloß ... steif, sondern auch, wie soll ich sagen, irgendwie ... kalt.

Nun lächelte er. Müde. Das käme vor bei Frauen, erläuterte er, wenn sie selbst besonders erhitzt seien.

Danach lagen sie eine Weile ermattet und schweigend da und schauten hinauf zu der geschnitzten Holzdecke oder durch das halbgeöffnete Fenster hinaus auf den trüben Spätherbsthimmel.

»Schau doch, ein Kranich«, sagte sie. »Ich dachte, die seien längst fort.«

»Einer hat sich wohl verspätet«, erwiderte er. »Das passiert manchmal.«

Weil er verhindern wollte, dass die nach dem Essen abgebrochene Unterhaltung über die Tote wieder von vorne begann, schob er an der Schläfe seiner Frau sanft eine Locke zurück, um ihren Blick vom Himmel wegzulenken.

Am nächsten Morgen, ehe er den Gehilfen zum Bericht über seine Nachforschungen im Archiv der Familie Vranaj rief, warf Stres einen Blick auf die Akte mit den Verbrechen der letzten Woche. Ein Einbruch. Zwei Morde. Eine Schändung.

Die Berichte über die Morde sah er sich genauer an. Die

Mörder hatten im Schutz der Aufregung um Doruntina offenbar rasch zugeschlagen, um nach dem alten Kanun Blutrache zu üben. Ihr kommt mir trotzdem nicht davon, sagte Stres leise vor sich hin. In dem Satz »Die wirkende Hand ist in Haft« strich er den Begriff »wirkende Hand«, der im Gewohnheitsrecht den Täter bezeichnete, der die Waffe geführt hatte, durch und ersetzte ihn durch »Mörder«, um dann daneben noch zu vermerken: »In Ketten zu legen wie alle Übeltäter!«

Ihr vertraut wohl immer noch auf Nachsicht, dachte er. Das vor langer Zeit eingeschlafene Gewohnheitsrecht erwachte nun aus irgendwelchen Gründen wieder zum Leben. Trotz der drohenden Beteuerungen des Fürsten, in seinem Reich hätten nur die Gesetze des Staates und nicht die des Kanun zu gelten, griff die Selbstjustiz immer mehr um sich.

Stres unterstrich die Worte »wie alle Übeltäter«, ehe er sich dem letzten Bericht zuwandte. Marija Kondi, 27 Jahre. Verheiratet. Nach der Sonntagsmesse plötzlich verstorben. Geschändet zwei Nächte nach der Totenfeier. Der Leichnam war ohne äußere Beschädigung, Schmuck und Ehering noch vorhanden.

Stres rieb sich die Schläfen. Dies war der zweite Fall von Nekrophilie in den letzten Jahren. Großer Gott, murmelte er müde, bevor er nach dem Gehilfen rief. Mehr eine geschlechtliche Vereinigung als Gewalt. Gewöhnlich fast ...

Der Gehilfe wirkte verstört wie die ganzen letzten Tage. Und vielleicht noch eingefallener im Gesicht.

»Wie ich bereits gestern angedeutet habe«, begann er, »bin ich bei meiner Überprüfung des Archivs zu Schlüssen gekommen, die sich von den üblichen Äußerungen oder Mutmaßungen über dieses rätselhafte Ereignis völlig unterscheiden.«

Wer hätte gedacht, dass ein Archiv jemand blasser machen kann als das Fieber?, fragte sich Stres.

»Meine Erklärung für den Vorfall ist auch ganz anders als die Ihre«, fuhr der Gehilfe fort.

Stres runzelte irritiert die Stirn.

»Ich höre«, sagte er, als er das Zögern des andern spürte.

»Ich habe mir das alles gewiss nicht selber ausgedacht«, sprach der Gehilfe weiter. »Es ist nur einfach die Wahrheit, auf die ich stieß, als ich das Archiv der Vranaj durchschaute, vor allem den Briefwechsel der alten Dame mit dem Grafen Topia.« Er öffnete seine Mappe und zog ein Bündel dicker, vergilbter Papiere hervor.

»Und was besagen diese Briefe?« erkundigte sich Stres ungeduldig.

Der Gehilfe holte tief Luft.

»Die greise Dame fragte ihren alten Freund zu Sorgen oder anderen intimen Angelegenheiten in der Familie immer wieder um Rat. Meistens behielt sie Abschriften der Briefe.«

»Ich verstehe«, sagte Stres. »Aber wenn es bitte etwas zügiger ginge!«

»Ja«, sagte der Gehilfe, »ich werde mich bemühen.«

Er holte wieder tief Luft und rieb sich die Stirn.

»In einem Brief bringt die Frau Mutter schon ziemlich früh Regungen ihres Sohnes Konstantin gegenüber seiner Schwester Doruntina zur Sprache, die nicht unbedingt als normal bezeichnet werden können.«

»Oho?!« meinte Stres. »Und was hat man unter nicht unbedingt normalen Regungen zu verstehen? Kannst du mir das bitte erklären?«

»In dem Brief wird nicht genau darauf eingegangen, doch wenn wir dazunehmen, was spätere Briefe an Fakten bringen, und nicht zuletzt die Antworten des Grafen Topia, dann wird deutlich, dass es sich um inzestuöse Neigungen des Bruders für die Schwester handelt.«

»Ach, sieh einer an!« rief Stres.

Viele kleine Schweißperlen traten auf die Stirn des Gehilfen, doch er tat so, als habe er den ironischen Tonfall seines Chefs überhört, und fuhr fort:

»Der Graf begriff sofort, worum es ging«, der Gehilfe legte Stres einen Brief vor. »In seiner Antwort beruhigt er die alte Dame. Das seien vorübergehende Erscheinungen, nicht untypisch für sein Alter. Er weist sogar auf ein paar ihm bekannte ähnliche Fälle hin, besonders in Familien mit nur einer Tochter. Wie bei Doruntina. Dann fährt er fort: Es ist nur ein wenig Einfühlungsvermögen und Behutsamkeit vonnöten, um die etwas aus dem Lot geratenen Empfindungen in normale Bahnen zurückzulenken. Doch wollen wir uns gründlicher darüber unterhalten, wenn wir hoffentlich bald wieder einmal zusammenkommen.«

Der Gehilfe sah von dem Brief auf, um sich der Wirkung auf den Chef zu vergewissern, doch Stres starrte nur den Tisch an, auf dessen Platte seine Finger einen nervösen Rhythmus trommelten.

»Später spricht sie in ihren Briefen nicht mehr davon«, fuhr der Gehilfe fort. »Offensichtlich hat Graf Topia recht behalten, und der Bruder hat die krankhafte Neigung zu seiner Schwester mit der Zeit überwunden. Doch Jahre später, als es schon um Doruntinas Verlobung geht, teilt die alte Dame dem Grafen in einem Brief mit, Konstantin begegne jedem potenziellen Schwager mit Eifersucht. Zwei mögliche Verbindungen scheiterten sogar daran, wie sie berichtet.«

»Was ist mit ihr?« unterbrach ihn Stres. »Mit Doruntina?«

»Ihr Verhalten wird mit keinem Wort erwähnt.«

»Und weiter?«

»Später, als sie dem Grafen endlich Doruntinas bevorstehende Heirat mitteilen kann, schreibt die alte Dame, die meisten ihrer Söhne hätten Bedenken wegen der großen Entfernung, doch ausgerechnet Konstantin sei ein glühender Befürworter dieser Ehe. In seinem Glückwunschbrief beruhigt der Graf die alte Dame. Konstantins Einstellung zu dieser Frage sei keineswegs verwunderlich. Ganz im Gegenteil, schreibt er, nach allem, was wir ja bereits besprochen haben, ist es durchaus begreiflich, dass Konstantin auf eine Verbindung mit einem konkreten, wohlbekannten Mann, der in der Nähe wohnt, nervös reagiert und eine Ehe mit einem fernab, möglichst im Ausland, auf jeden Fall nicht unter seinen Augen lebenden Unbekannten vorzieht. So hat sich, schreibt er weiter unten, gerade deshalb nun alles gut gefügt.«

Der Gehilfe wühlte eine Weile in seiner Mappe. Stres starrte immer den gleichen Punkt an der Zimmerdecke an.

»Und schließlich ist da noch der Brief, in dem die alte Dame dem Grafen die Hochzeit schildert und dabei auch einen Zwischenfall erwähnt«, fuhr der Gehilfe fort.

»Ach ja, der Zwischenfall«, meinte Stres, aus seiner Lethargie gerissen.

»Dass die Leute den Vorfall gar nicht wahr- oder unter den gegebenen Umständen mindestens nicht ernst nahmen, liegt schlicht und einfach daran, dass sie von den Dingen, die ich Ihnen erzählt habe, nichts wussten. Frau Mutter hingegen deutet ihn richtig. Konstantin sei nach der Trauung wie närrisch gewesen, und als es galt, dem Brautzug auf der großen Straße das Geleit zu geben, habe er den Schwager, der sich seiner jungen Frau näherte, mit den Worten zurückgestoßen: Noch gehört sie mir, hörst du, mir! Dies, so schreibt die Greisin an ihren alten Freund, sei Gott sei Dank der letzte Kummer, den sie mit dieser ihm seit Jahren bekannten Geschichte haben werde.« – Der Gehilfe schluckte, offenbar ermüdete ihn das Reden. – »Das ist es, was ich den Briefen entnehme«, fuhr er fort. »In dem, was sie später, nach dem Schicksalsschlag, noch schrieb, beklagt die alte Frau ihre Vereinsamung, bereut, dass sie ihre Tochter in die Fremde gegeben hat und deshalb nun mutterseelenallein in der Welt steht. Mehr sagt sie nicht. Das ist alles.«

Schweigen trat ein. Eine Weile hörte man nur das Trommeln der Finger auf der hölzernen Tischplatte.

»Und was hat das alles mit unserer Geschichte zu tun?« Der Gehilfe schaute auf.

»Da ist ein Zusammenhang«, erwiderte er, »sogar ein ganz direkter.«

Stres sah ihn weiter forschend an.

»Ich glaube, an Konstantins inzestuösen Neigungen kann kein Zweifel bestehen. Darin stimmen Sie wohl mit mir überein.«

»Das ist nichts Verwunderliches«, sagte Stres. »So etwas passiert.«

»Ebenso, denke ich, akzeptieren Sie meine Interpretation, dass sein beharrliches Eintreten für die Heirat mit einem Fremden dafür spricht, dass er mit sich im Kampf lag und seine ungesunden Gefühle überwinden wollte. Je weiter weg sie mit ihrem Mann lebte, desto ferner lag auch der Inzest.«

»Klar«, sagte Stres, »mach weiter.«

»Der Zwischenfall ist die letzte Bekundung seines Leidens, solange er noch lebte.«

»Solange er noch lebte?« meinte Stres.

»Ja«, antwortete der andere mit erhobener Stimme. »Denn ich bin fest davon überzeugt, dass inzestuöse Neigungen, die nicht befriedigt worden sind, so tief sitzen, dass nicht einmal der Tod sie auslöschen kann.«

»Hm!« machte Stres.

»Der nicht vollendete Inzest überlebt alles«, fuhr der Gehilfe fort. »Konstantin glaubte, sich durch die Verheiratung seiner Schwester von der Drohung des Inzests befreit zu haben. Doch dazu reicht, wie sich herausgestellt hat, die größte Entfernung nicht aus. Nicht einmal der Tod.«

»Weiter«, sagte Stres kalt.

Der Gehilfe zögerte. Seine von innen heraus glänzenden Augen starrten Stres erlaubnisheischend an.

»Weiter«, sagte Stres noch einmal.

Der Gehilfe kämpfte immer noch mit sich.

»Willst du etwa behaupten, der nicht vollzogene Inzest habe den Toten aus dem Grab getrieben?« fragte Stres mit eisiger Stimme.

»Ja, genau«, erwiderte der Gehilfe. »Dieser makabre Ritt war doch nichts Anderes als ihre Hochzeitsreise.«

»Nun ist es aber genug!« rief Stres. »Du bist wohl übergeschnappt?!«

»Ich wusste, dass Sie nicht meiner Meinung sein würden, aber deshalb müssen Sie mich doch nicht beleidigen!«

»Der hat völlig den Verstand verloren!« sagte Stres. »Absolut!«

»Nein, ich habe nicht den Verstand verloren, Herr Chef. Sie sind mein Vorgesetzter und haben das Recht, mich zu maßregeln, zu entlassen oder sogar einzusperren. Aber nicht, mich zu beleidigen. Ich ... ich ...«

»Was, du ... du ...?«

»Meiner Überzeugung nach ist die ganze Geschichte, über die wir uns den Kopf zerbrechen, nur ein Fall von Inzest. Anders ist Konstantins Verhalten nicht zu erklären. Denn zu behaupten, er habe sie nur deshalb in der Fremde verheiratet, weil eine böse Vorahnung ihn dazu trieb, sie möglichst weit vom Ort der bevorstehenden Katastrophe wegzubringen, das ist, entschuldigen Sie, Blödsinn. Konstantin ahnte wirklich Unheil, aber es steckte in ihm selbst, als Drang zum

Inzest, und vor dieser Gefahr, nicht vor einem x-beliebigen Unglück, wollte er seine Schwester bewahren ...«

Der Gehilfe sprach gehetzt, ohne zwischen den Sätzen richtig Atem zu holen. Offenbar befürchtete er, bald keine Möglichkeit zum Reden mehr zu haben.

»Wie ich also bereits sagte: Weder räumliche Distanz noch selbst der Tod schützen vor dem Inzest. So erhob er sich in einer schwülen Nacht aus seinem Grab, um das zu vollenden, wovon er sein Leben lang geträumt hatte ... Lassen Sie mich weiterreden, bitte, unterbrechen Sie mich nicht ... In einer schwülen Septembernacht erhob er sich also aus dem Grab, der Grabstein wurde zum Pferd, auf das er sich schwang, um loszureiten und den großen Traum seines Lebens zu erfüllen ... So kam es dann zu dieser grausigen Hochzeitsreise von Gasthaus zu Gasthaus, wie Sie es beschrieben haben, aber nicht mit einem lebenden Liebhaber, sondern mit dem Toten ... Genau das war auch die schreckliche Erkenntnis der alten Mutter, als sie die Tür öffnete. Sie sah wirklich, wie Doruntina im Halbdunkel jemand küsste, doch der Liebhaber war kein Vagabund, wie Sie dachten, sondern der tote Bruder ... Was die alte Dame ein Leben lang befürchtet hatte, war schließlich doch noch eingetreten. Das war die furchtbare Entdeckung, die sie ins Grab brachte ...«

»Wahnsinnig«, wiederholte Stres, doch flüsternd, mehr zu sich selbst. Dann, sichtlich beherrscht, setzte er hinzu: »Ich verbiete dir weiterzusprechen.«

Der Gehilfe öffnete den Mund, doch Stres sprang plötzlich auf die Beine, beugte sich zu ihm hinab und schrie ihm ins Gesicht:

»Ich verbiete dir das Wort, begreifst du? Oder willst du, dass ich dich auf der Stelle verhaften lasse, gleich jetzt? Hast du endlich verstanden?«

Der Gehilfe gab auf.

»Was ich zu sagen hatte, ist gesagt«, erwiderte er, schwer atmend. »Also füge ich mich.«

»Du bist krank«, sagte Stres, »du selber bist krank, armseliger Wicht.«

Er starrte in das blass-übernächtigte Gesicht des Gehilfen, und plötzlich tat er ihm leid.

»Es ist meine Schuld, ich hätte dich nicht in das Archiv schicken sollen. Das ist schädlich für einen, der das Lesen nicht gewöhnt ist ...«

Der andere schaute ihn aus fiebrigen Augen an.

»Geh jetzt«, sagte Stres milde. »Ruh dich ein wenig aus. Du brauchst Ruhe, hörst du? Ich bin bereit, alles zu vergessen, aber nur unter der Bedingung, dass du es auch tust. Geh jetzt.«

Der Gehilfe stand auf und verließ mit unsicheren Schritten das Zimmer. Mit einem starren Lächeln sah Stres ihm nach.

Ich muss diesen Vagabunden so schnell wie möglich finden, dachte er. Der Erzbischof hatte ganz recht. Es musste endlich ein Schlussstrich unter diese Affäre gezogen werden, sonst konnten sie noch böse Überraschungen erleben.

Stres ging im Zimmer auf und ab. Er musste überall die Kontrollen verstärken, seine sämtlichen Leute einsetzen, sie von jeder anderen Aufgabe freistellen, damit sie sich ganz auf diese Sache konzentrierten. Jeden Stein würde er umdrehen lassen, bis das Rätsel endlich gelöst war. Sonst wurden alle noch verrückt deswegen.

Ungeachtet aller Bemühungen von Stres' Leuten wie auch der Diener der Kirche, die täglich in den Gotteshäusern die Gläubigen aufklärten, stellte sich die Anzahl jener, die glaubten, Doruntina sei mit ihrem Liebhaber gereist, verglichen mit der Mehrheit der Menschen, die davon überzeugt waren, der Tote habe sie hergebracht, als äußerst gering dar.

Stres überprüfte selbst die Liste der Leute, die zwischen Mitte September und dem elften Oktober nicht in ihren Dörfern gewesen waren. Eine Zeitlang setzte er sich mit dem Gedanken auseinander, einer von Konstantins Freunden habe vielleicht Doruntina hergebracht, um das Wort des Verstorbenen einzulösen, doch er ließ ihn bald wieder fallen, weil er ihm zu unwahrscheinlich erschien. Auch als er auf der Liste aller Abwesenden, die er sich hatte vorlegen lassen, vier der engsten Gefährten des Toten fand, vermochte er sich nicht an die Idee zu gewöhnen. Schließlich war auch er selbst in jenen Tagen dienstlich unterwegs gewesen. Und hatte sich nicht seine Frau bei der nächtlichen Heimkehr über die völlig verschmutzte Pelerine entsetzt? Es war sehr leicht, andere zu verdächtigen, doch hatten diese nicht weniger Anlass, ihn mit Argwohn zu betrachten. Konstantins Freunde dagegen konnten mühelos belegen, dass sie alle vier an dem großen Turnier im nördlichsten Fürstentum Arberiens teilgenommen hatten. Zwei von ihnen wiesen zur Erhärtung ihrer Aussage sogar die dort errungenen Preise vor.

Inzwischen rückte der vierzigste Tag des Ablebens von Mutter und Tochter heran, und man hatte leider wieder mit den schaudererregenden Balladen der Klageweiber zu rechnen, und zwar ohne jeden inhaltlichen Abstrich. Stres war die Sturheit dieser teuflischen alten Vetteln inzwischen durchaus bekannt. Obwohl er ihnen vor der Gedenkfeier zum siebten Tag des Todes der beiden Frauen eine Warnung hatte zukommen lassen, waren sie nicht zum allerkleinsten Zugeständnis bereit gewesen, und auch an den vier Sonntagen darauf hatten sie kein Jota verändert. Lassen Sie diese Krähen ruhig noch ein paar Tage krächzen, sie werden dann schon von selber aufhören, hatte der Pope des Dorfes behauptet. Aber Stres mochte daran nicht so recht glauben.

Als sie dann des vorgeschriebenen Totendienstes wegen

im Gänsemarsch auf das verödete Haus zustrebten, stand Stres an der Straße, hochaufgeschossen und eingehüllt in seine dunkle Pelerine mit dem eingestickten Emblem des fürstlichen Beamten, einem weißen Ziegengehörn. Doch sie zogen gleichgültig an ihm vorbei, ganz in Schwarz und die Gesichter schon jetzt zur Klage verzerrt. Dabei erkannten sie ihn offensichtlich, denn in den Blicken, mit denen sie Stres, den Legendenzerstörer, streiften, funkelte heller Spott. Obwohl die Vorstellung, sich mit Klageweibern ein Duell zu liefern, eigentlich nur einen jähen Heiterkeitsausbruch bei ihm hätte auslösen dürfen, nahm er einigermaßen irritiert wahr, wie ein kalter Schauder seinen Rücken hinunterlief.

Währenddessen machte der Erzbischof zur allgemeinen Verwunderung keinerlei Anstalten, das Kloster der drei Kreuze wieder zu verlassen. Allein Stres blieb ungerührt. Er ging so in der Jagd nach dem umherziehenden Betrüger auf, dass er darüber alles andere vergaß. Die Informationen, die aus den Gasthäusern eingingen, ergaben noch kein genaues Bild. Drei oder vier Verhaftungen waren vorgenommen worden, doch hatte man die Festgenommenen mangels Beweisen bald wieder freilassen müssen. Nun warteten sie auf Nachricht aus den benachbarten Fürstentümern und Grafschaften, vor allem jenen im Norden, durch die der Weg nach Böhmen ging. Neuerliche Zweifel und Befürchtungen, die Stres ab und zu befielen, verdrängte er sofort.

Mitte November fiel der erste Schnee, und anders als sonst im Herbst taute er nicht sofort wieder, sondern legte eine weiße Decke über die Erde. Einmal, als Stres nach Hause ritt, schlug er automatisch die Straße zur Kirche ein. An der äußeren Pforte des Friedhofs stieg er ab und ging durch den unberührten Schnee hinein. Er war ganz allein. Die aus dem Schnee hervorragenden Kreuze wirkten noch schwärzer als sonst. Drüben hüpften flatternd ein paar nicht weniger schwarze Vögel umher. Stres ging weiter, bis er schließlich die Gräber der Vranaj gefunden zu haben glaubte. Er beugte sich vor, um die Inschrift auf einem der Grabsteine zu lesen, und sah, dass er sich nicht getäuscht hatte. Der Schnee ringsum war unberührt. In Eis erstarrt der Ikonenschrein. Warum bin ich bloß hergekommen?, fragte sich Stres und seufzte. Er spürte, wie der Friede des Grabes zu ihm empordrang. Und mit dem Frieden stellte sich eine wundersame Klarheit des Denkens ein. Obwohl ihn die glitzernde Schneedecke blendete, wollte er nicht wegschauen, denn er fürchtete, diese Klarheit wieder einzubüßen. Auf einmal gab es für ihn nichts Leichteres und Verständlicheres mehr als Doruntinas Geschichte. Da waren in einem Stückchen schneebedeckter Erde ein paar Menschen beisammen begraben, die sich geliebt und gegenseitig das Versprechen abgenommen hatten, immer füreinander da zu sein. Getrennt durch Zeit und Entfernung, von bohrender Sehnsucht und schier unerträglicher Einsamkeit gequält (es war so einsam dort …), waren sie aufeinander zugestrebt, um sich lebend oder tot wiederzufinden, oder in einem Zustand, in dem sich beides mischte: Lebtod oder Totleben. Sie hatten gegen die Gesetze angekämpft, die lebende Wesen nach dem Sterben gefesselt halten und daran hindern, ins Dasein zurückzukehren, die Gesetze des Todes also, um das Unerreichbare zu erreichen, nämlich wieder zusammen zu sein. Für kurze Zeit mochten sie geglaubt haben, was in Träumen so oft geschieht, dass sich nämlich Menschen wiederbegegnen, die sich lieben, aber durch den Tod schon lange getrennt sind, das sei nun Wirklichkeit geworden, doch die Täuschung hatte nicht lange gewährt (etwas hinderte mich daran, ihn zu umarmen), und in Finsternis und Verwirrung waren sie wieder auseinander gegangen, die Lebende zum Haus, der Tote zu seinem Grab (geh schon voraus, ich habe noch in der

Kirche zu tun). Und obwohl das alles nicht wirklich geschehen war, obwohl Stres keinesfalls an die Wiederauferstehung eines Toten glaubte, hatte es sich irgendwie doch ereignet. Der Reiter, der Bruder, hatte am Straßenrand Halt gemacht, um seine Schwester abzuholen, ob nun in Wirklichkeit oder in ihrer Einbildung oder in der Einbildung der andern, das spielte keine große Rolle, denn schließlich hatte fast jedermann dergleichen schon erlebt, überall und zu allen Zeiten. Immer und für jeden gibt es nämlich einen Menschen, den er sich aus der Ferne herbeisehnt, aus dem Jenseits, um ein wenig mit ihm zusammen zu sein, auf dem Pferd mit ihm zu reiten, weil jeder auf der Welt um jemand Schmerz empfindet, der nicht mehr unter den Lebenden ist, weil jeder schon einmal gesagt hat: Ach, wenn ich ihn doch nur noch einmal in die Arme schließen könnte (etwas hinderte mich daran, ihn zu umarmen), weil dies jedoch im Leben nie geschehen kann und nie geschehen wird, und das ist etwas vom Traurigsten auf der Welt und hüllt sie ein wie ein Nebel, bis sie einmal verlöscht …

Ja, das ist alles, dachte Stres noch einmal. Das andere, all die Mutmaßungen, Ermittlungen, Erklärungen, waren nur kleine, armselige und sinnlose Lügen. Er hätte gerne noch einige Zeit in den freien Lüften des Denkens verbracht, doch spürte er, wie die Schlingen der Banalität an ihm zerrten und seinen Flug beenden wollten. Ehe er tatsächlich noch abstürzte, ging er lieber so schnell wie möglich von hier fort. So taumelte er benommen, einem Schlafwandler gleich, zu seinem Pferd, warf sich hinauf und ritt in steifem Galopp davon.

Fünftes Kapitel

An einem feuchten Nachmittag, draußen war alles in einen sachten, feinen Regen gehüllt, an einem jener Nachmittage also, die eigentlich nur ereignislos verlaufen können, döste Stres in den Kleidern vor sich hin (wozu sonst hätte dieser Tag auch getaugt?), als ihn seine Frau sanft an der Schulter rüttelte.

»Stres, man verlangt nach dir.«

Er schreckte hoch.

»Was ist los?« fragte er. »Habe ich geschlafen?«

»Man verlangt nach dir«, wiederholte seine Frau. »Es ist dein Gehilfe mit einem anderen Mann.«

»So? Sag ihnen, dass ich gleich komme.«

Der Gehilfe und ein Unbekannter warteten draußen unter dem Vordach, beide mit tropfnassen Haaren. Kaum wurde der Gehilfe seines Chefs ansichtig, begann er auch schon zu reden:

»Stres, der Mann, der Doruntina hergebracht hat, ist gefasst worden!«

»Wie ist das möglich?«

Ziemlich befremdet konstatierte der Gehilfe, dass sich nur Verblüffung, aber keine Spur von Freude auf dem Gesicht seines Vorgesetzten spiegelte. Dabei hatte er doch wochenlang nur auf diesen Tag hingearbeitet.

»Er ist endlich gefasst«, wiederholte er, weil er nicht genau wusste, ob Stres ihn richtig verstanden hatte.

Der starrte die beiden immer noch prüfend an. Tatsächlich

hatte er sehr wohl verstanden, nur war er sich nicht sicher, ob ihn die Neuigkeit wirklich freute.

»Und wie kam es dazu?« fragte er. »So plötzlich!«

»Plötzlich?« fragte der Gehilfe.

»Ich meine, die Wahrscheinlichkeit war ja nicht mehr sehr groß …«

Was rede ich da bloß?, schalt er sich selbst. Er war wirklich verwirrt. Unter seinem Eifer, den mutmaßlichen Liebhaber aufzuspüren, hatte offenbar ein ganz anderer Wunsch geschlummert: Dass dieser nie gefunden würde. Seine nächste Frage ging an den Fremden, den er jetzt erst richtig wahrnahm.

»Wie wurde er gefasst? Und wo?«

»Sie bringen ihn bereits«, antwortete stattdessen der Gehilfe. »Noch vor Tagesanbruch wird er da sein. Das hier ist der Bote, den man mit einem Bericht vorausgeschickt hat.«

Der Unbekannte griff ins Futter seiner Weste und zog einen versiegelten Umschlag hervor.

»Er wurde in der Nachbargrafschaft festgenommen«, sagte der Gehilfe, »in einem Gasthaus, das ›Zum doppelten Robert‹ heißt.«

»Aha!«

»Hier, der Be … Bericht«, sagte der Fremde stotternd.

Stres nahm ihm das Schreiben mit einer schroffen Geste aus der Hand. Allmählich wurde die vage Mischung von Wehmut und Bedauern über das Ende des Rätsels von den ersten Wellen einer kalten Freude weggespült. Er öffnete den Umschlag, drehte sich zum Licht und überflog die Zeilen, in denen die Buchstaben wie zornig verstreute Nadeln durcheinanderpurzelten:

Hiermit machen wir Ihnen Mitteilung von der Ergreifung eines Vagabunden, der im Verdacht steht, Doruntina Vranaj

*begleitet zu haben. Die Informationen, die dieser Bericht
enthält, stammen von den Behörden der benachbarten Grafschaft und wurden uns zusammen mit dem betreffenden
Subjekt übergeben, dessen sie auf Wunsch und Bitte unserer
Stellen in ihrem Zuständigkeitsbereich habhaft geworden
sind.*

*Der Vagabund wurde am 14. November im Gasthaus
»Zum doppelten Robert« an der großen Straße verhaftet, in
dem er schon tags zuvor von zwei Bauern abgeliefert worden war, die ihn fiebernd und fast bewusstlos auf der Straße
gefunden hatten. Seine zweifelhafte Erscheinung, vor allem
aber seine wirren Reden machten ihn beim Wirt und den
Gästen sofort verdächtig. In etwa soll er Folgendes gestam-
melt haben: »Sei ruhig, wir haben es nicht eilig. Für deine
Mutter wird uns schon etwas einfallen. Nimm dich zusammen, wir kommen bei dieser Finsternis nicht schneller voran,
verstehst du, man sieht ja die Hand nicht vor den Augen.
Was sollst du sagen, wenn man dich fragt, wie du hergekommen bist? Sei ohne Furcht, keiner deiner Brüder ist mehr am
Leben.«*

*Der Wirt setzte die örtliche Obrigkeit in Kenntnis, welche
ihn und die Gäste als Zeugen hörte. Aufgrund ihrer Aussagen
beschloss man dann, den Herumtreiber in Haft zu nehmen
und wunschgemäß an uns zu überstellen. Wie vom Zentrum
befohlen, lasse ich ihn nun unverzüglich zu Ihnen bringen.
Es schien mir nützlich, einen Eilkurier mit den entsprechen-
den Informationen vorauszuschicken, damit Sie, falls Sie es
für nötig erachten, den Verhafteten gleich nach seinem Eintreffen verhören können.*

*Mit höflichen Grüßen!
Hauptmann Gjikondi,
Grenzbezirk*

Stres ließ den Bericht sinken und schaute zuerst seinen Gehilfen, dann den Kurier an. Er hatte also recht behalten: Sie war mit irgendeinem Herumstreuner weggelaufen. Den Rest würde er bald aus dem Mund des Häftlings erfahren.

»Wann sind sie da?« wandte er sich an den Kurier.

»In zwei, hö … höchstens drei Stunden.«

Erst jetzt bemerkte Stres, dass seine Stiefel bis zu den Knien mit Schlamm bespritzt waren. Er atmete tief durch. Was ihm vor drei Tagen auf dem verschneiten Friedhof durch den Kopf gegangen war, schien nun maßlos fern.

»Wartet, ich hole nur schnell meinen Mantel«, sagte er.

Er ging hinein. Während er die lange Pelerine überwarf, sagte er zu seiner Frau:

»Man hat Doruntinas Begleiter erwischt.«

»Wirklich?« rief sie aus. Sie hätte gerne sein Gesicht gesehen, doch der wie ein großer Vogelflügel zwischen ihnen flatternde Umhang verhinderte es.

Dann sah sie den drei Männern nach, die durch den Regen davongingen, Stres voraus, die beiden anderen hinter ihm.

Seit mehr als zwei Stunden warteten sie nun schon auf das Eintreffen der Kutsche mit dem Verhafteten. Die Fußbodendielen knarrten jämmerlich unter Stres' Stiefeln, der wie üblich im Zimmer auf und ab ging, vom Tisch zum Fenster und dann wieder zurück. Der Gehilfe wagte nicht, das Schweigen zu brechen, während der Kurier zurückgesunken auf einer Holzbank saß und vor sich hinschnarchte.

Endlich blieb Stres am Fenster stehen. Während er in die weite Ebene hinausschaute, wo hoffentlich bald die Kutsche auftauchen würde, spürte er, wie sein Geist allmählich erschlaffte. Es ging immer noch der gleiche monotone Regen nieder wie am Vormittag und ließ jede Ankunft, egal aus welcher Richtung, unvorstellbar erscheinen.

Stres betastete das grobe Papier des Schreibens, als wolle er sich noch einmal vergewissern, dass wirklich jemand angekündigt war. Wir kommen in dieser Finsternis nicht schneller voran, verstehst du, fiel ihm das Gestammel des Fieberkranken wieder ein. Sei ohne Furcht, keiner deiner Brüder ist mehr am Leben.

Das muss er sein, dachte Stres. Da war kein Zweifel möglich. Genauso, wie er es vorhergesehen hatte. Er dachte an den Besuch auf dem schneebedeckten Friedhof, wo er einen Moment lang geglaubt hatte, es sei vielleicht doch alles anders gewesen. Eine bloße Täuschung, sagte er sich nun, während er immer noch in die kalte Weite hinausstarrte. Die Ebene dehnte sich endlos grau im Regen, und der Schnee war weggeschmolzen oder hatte sich in die Ferne zurückgezogen, ohne eine Spur zu hinterlassen, als wolle er ihm das Vergessen leichter machen.

Die Dämmerung verdichtete sich. An den Straßenrändern standen inzwischen ein paar vereinzelte Menschen, die wahrscheinlich ebenfalls auf die Kutsche warteten. Die Sache schien sich herumgesprochen zu haben.

Der Kurier stöhnte im Schlaf. Wenn stimmt, was er uns gesagt hat, müssten sie allmählich ankommen, dachte Stres. Des Gehilfen Blick war flach. Seit damals hatte er nicht mehr von Inzest gesprochen. Vermutlich schämte er sich nun.

Der Kurier seufzte wieder, dann schlug er die Augen auf. Sie blickten verstört.

»Was ist los?« fragte er. »Ist es soweit?«

Er bekam keine Antwort. Stres blieb wahrscheinlich zum hundertsten Mal am Fenster stehen. Es war nun schon so dunkel, dass auf der Ebene kaum noch etwas zu erkennen war. Als dann einige Zeit später die Kutsche doch noch ankam, waren es zuerst ferne Stimmen und dann das Knarren der Räder, die sie ankündigten.

»Gott, sind sie endlich da«, sagte der Gehilfe und rüttelte den Kurier an der Schulter.

Stres hastete die Treppe hinab, Gehilfe und Kurier folgten. Sie erreichten das Tor, als auch die Kutsche eintraf. Hinter ihr tauchten aus der Dunkelheit ein paar Menschen auf. Man hörte, dass ihnen andere noch folgten. Die Kutsche stoppte, und ein Mann in der Uniform eines fürstlichen Beamten stieg aus.

»Ist Hauptmann Stres hier?« fragte er.

»Ja, ich«, antwortete Stres.

»Ich nehme an, Sie wissen ... «

»Ja«, fiel ihm Stres ins Wort, »ich weiß alles.«

Der Uniformierte wollte noch etwas sagen, doch dann überlegte er es sich anders, drehte sich zur Kutsche um, steckte den Kopf durch das Fenster hinein und sprach mit jemand.

»Macht Licht«, sagte einer.

Wieder öffnete sich die Kutschentür, und es erschienen ein Paar Stiefel, gefolgt von zwei weiteren, über und über mit Lehm verschmierten Beinen. Als dann auch noch ein Körper dazukam, sah man, dass der Besitzer der schmutzigen Beine gefesselt war.

»Seht, das ist er!« flüsterten die Leute, die zusammengelaufen waren.

Im flackernden Licht der Fackel war nur die eine, ebenfalls schmutzverkrustete Gesichtshälfte des Gefesselten zu erkennen. Zwei von Stres' Leuten übernahmen den Gefangenen von seinen bisherigen Bewachern, indem sie ihn wie diese an den Armen packten. Er wehrte sich nicht.

»In den Kerker mit ihm«, sagte Stres mit ausgedörrter Stimme. »Und Sie, was haben Sie vor?« wandte er sich an den Uniformierten, der offensichtlich der Anführer der kleinen Schar war.

»Wir machen uns sofort wieder auf den Heimweg«, antwortete der.

»Und du, gehst du mit?« fragte Stres den Kurier.

»Ja, Herr.«

Stres wartete, bis die Kutsche abgefahren war, dann ging er ins Haus zurück. An der Tür machte er noch einmal Halt. Die Leute, die im Halbdunkel herumstanden, waren mehr zu spüren als zu sehen. Hinten hörte man jemand eiligen Schritts herantrappeln.

»Worauf wartet ihr noch?« fragte Stres friedlich. »Geht lieber schlafen, gute Leute. Wir haben die Pflicht, uns die Nacht um die Ohren zu schlagen, aber ihr doch nicht!«

Aus dem Halbdunkel kam keine Antwort. Der Lichtschein der Fackel geisterte sekundenlang verstört über ein paar bleiche und gequälte Gesichter, dann überließ er sie wieder der Finsternis.

»Gute Nacht«, sagte Stres und folgte seinem Gehilfen, der mit der Fackel voranleuchtete, ins Haus und dann die Treppen hinunter in den Keller. Modergeruch drückte ihm die Kehle zu. Plötzlich begriff er, wie sehr ihn das alles mitnahm.

Der Gehilfe stieß die Eisentür des Kerkers auf und trat zur Seite, um Stres den Vortritt zu lassen. Der Gefangene lag hingestreckt auf einem Strohhaufen, den Kopf auf die gefesselten Hände gestützt. Im Schein der Fackel sah Stres ein Gesicht vor sich, das trotz der Spuren von Schmutz und Schlägen noch immer hübsch war. Stres' Blick fiel unwillkürlich auf die Lippen, und diese vom Fieber aufgesprungenen Menschenlippen, die so gar nicht zu den Fesseln, Wachen und Befehlen passen wollten, zeigten ihm am deutlichsten, dass er den Mann vor sich hatte, dem Doruntina verfallen war.

»Wer bist du?« fragte Stres mit eisiger Stimme.

Die Augen des Gefangenen schauten zu ihm herauf. Sie

gehörten so wenig hierher wie die Lippen. Die Augen eines Herzensbrechers, dachte Stres.

»Ich bin ein Hausierer, Herr Beamter«, sagte der Mann. »Ein wandernder Ikonenhändler. Man hat mich verhaftet, als ich schwer krank war. Warum, weiß ich nicht. Ich werde mich beschweren ...«

Sein Albanisch war etwas holperig, aber akkurat. Offensichtlich hatte er es sich bei der Ausübung seines Gewerbes angeeignet. Wenn er wirklich Ikonen verkaufte.

»Warum hat man dich verhaftet?«

»Wegen einer Frau, die ich nicht kenne, die ich nie gesehen habe. Sie heißt Doruntina. Du bist mit ihr auf dem Pferd geritten, du hast sie hierhergebracht, sagen sie. So ein Unsinn.«

»Du bist also nicht mit einer Frau gereist? Du hast keine Frau hierhergebracht?« fragte Stres.

»Nein, Herr Beamter. Mit keiner Frau bin ich gereist. Mindestens ein paar Jahre nicht mehr.«

»Und vor einem Monat?« fragte Stres.

»Nein, bestimmt nicht.«

»Denke gut nach«, sagte Stres.

»Da gibt es nichts nachzudenken«, sagte der Gefesselte mit tönender Stimme. »Es tut mir leid, dass Sie diesen Wahnsinn mitmachen, Herr Beamter. Ich bin ein ehrlicher Mensch. Man hat mich verhaftet, als ich todkrank an der Straße lag. Das ist nicht menschlich! Wenn man aus dem Fieber aufwacht, aber keiner ist da, der einem hilft, der einen versorgt, sondern sie werfen einen in Ketten. Das ist Wahnsinn.«

»Ich bin nicht wahnsinnig«, sagte Stres. »Ich denke, du wirst dich noch früh genug davon überzeugen.«

»Aber das, was Sie tun, ist ein Wahnsinn«, sprach der Gefesselte mit seiner lauten Stimme weiter. »Wenn sie mich wenigstens beschuldigen würden: Du hast gestohlen oder du hast jemand umgebracht. Aber sie sagen einfach: Du bist mit einer Frau auf einem Pferd geritten. Das ist doch kein Verbrechen! Warum habe ich es bloß nicht gleich zugegeben, damit ihr zufrieden seid: Ja, ich bin mit einer Frau auf einem Pferd geritten. Na und? Was soll's? Nur, ich bin ein ehrlicher Mensch, und das Lügen hab ich nicht gelernt. Ich geh überall hin, um mich zu beschweren. Bis zum Fürsten. Und noch weiter, wenn's nötig ist. Bis nach Konstantinopel.«

Stres starrte ihn unverwandt an. Der Gefesselte hielt seinem Blick stand.

»Trotzdem stelle ich dir noch einmal die Frage, die dir so verrückt und sinnlos vorkommt«, sagte Stres. »Und zwar nur noch einmal, deshalb denke gut nach, ehe du antwortest. Hast du eine junge Frau namens Doruntina Vranaj aus Böhmen oder irgendeinem anderen fernen Land hierhergebracht?«

»Nein«, antwortete der Gefesselte entschieden.

»Dann tust du mir leid«, sagte Stres, ohne ihn anzuschauen. »Foltert ihn«, wandte er sich an seine Untergebenen.

In den Augen des Gefesselten flackerte Entsetzen auf. Er öffnete den Mund, um etwas zu sagen oder zu schreien, doch Stres stürmte bereits aus dem Keller. Hinter dem Wärter, der mit der Fackel vorausleuchtete, drängte er die Treppe hinauf, um das Kreischen des Gefangenen nicht hören zu müssen.

Gleich darauf war er unterwegs nach Hause. Der Regen hatte aufgehört, doch die Straße war noch voller Pfützen. Seine Stiefel platschten gleichgültig hindurch. Es war stockdunkel. Bei dieser Finsternis, verstehst du …, musste er an die Worte des Hausierers denken.

In der Ferne glaubte er eine Stimme zu hören, doch es war nur Hundegebell, das allmählich, in Wellen, in der endlosen Nacht verklang.

Es muss wohl neblig sein, überlegte er. Anders lässt sich diese Dunkelheit nicht erklären. Man sieht ja die eigene Hand nicht vor den Augen. Wieder glaubte Stres eine Stimme zu hören. Sogar gedämpfte Schritte. Erschrocken schaute er sich um. Dort hinten, in unbestimmbarer Entfernung, flackerte ein Licht. Eine im fahlen Schein der Fackel zerfließende Gestalt kam hinter ihm hergehastet. Stres blieb stehen. Die Fackel und die Pfützen, die von ihr aus einem bangen Schlaf gerissen worden waren, befanden sich noch weit hinten, als Stres schon Worte hörte. Er legte die Hand ans Ohr und horchte angestrengt. Es waren irgendwelche »Ahs« oder »Ehs«, genau konnte er es nicht verstehen. Dann war der Mensch mit der Fackel schon ziemlich nahe, und Stres fragte mit erhobener Stimme:

»Was ist los?«

»Er hat gestanden«, rief der andere. Eifer zerhackte seine Worte. »Er hat gestanden.«

Er hat gestanden, wiederholte Stres bei sich. Daher also die »Ahs« und »Ehs«. Gestanden.

Stres ließ den Boten vollends herankommen. Der atmete schwer.

»Gott sei Dank, er hat gestanden«, sagte er, wobei er, wie um seinen Worten Nachdruck zu verleihen, die Fackel vorreckte. »Wir mussten ihm nur die Folterwerkzeuge zeigen, da hat er auch schon alles zugegeben.«

Stres blickte den anderen starr an.

»Soll ich Sie mit der Fackel zurückbegleiten?« fragte der Bote. »Wollen Sie ihn gleich ins Verhör nehmen?«

Stres gab keine Antwort. Eigentlich war das Vorschrift. Der Gefangene musste unmittelbar nach dem Geständnis verhört werden, zerschunden, wie er noch war, ohne ihm vorher Gelegenheit zu geben, sich etwas zu erholen. Und jetzt war es Nacht, also die günstigste Zeit.

Der Mann mit der Fackel wartete zwei Schritte abseits. Man hörte ihn schwer atmen.

Damit er sich nicht erholen kann, dachte Stres. Natürlich durfte man diesen Landstreicher keine Stunde in Ruhe lassen, nicht einmal eine Sekunde. Man musste unbedingt verhindern, dass er sich wieder fasste ... Das gilt für ihn, dachte Stres. Aber was ist besser für mich? Habe ich denn nicht auch Erholung nötig?

Und plötzlich begriff er, dass ein Verhör zu diesem Zeitpunkt für ihn selbst quälender sein würde als für den Gefangenen.

»Nein«, sagte er, »heute werde ich ihn nicht mehr vernehmen. Ich muss mich ausruhen.« Und er kehrte dem Mann mit der Fackel den Rücken zu.

Am nächsten Morgen stieg Stres in Begleitung seines Gehilfen in den Keller hinunter, wo ihn der Gefangene mit einem fast schuldbewussten Lächeln empfing.

»Wirklich, es wäre besser gewesen, ich hätte gleich gestanden«, sagte er, ohne Stres' Fragen abzuwarten. »Dann hätte man gemerkt, dass ich überhaupt nichts Böses getan habe. Es war doch noch nie strafbar, wenn man mit einer Frau herumzieht oder verreist. Hätte ich gleich die Wahrheit gesagt, hätte ich mir den ganzen Ärger erspart. Dann würde ich jetzt nicht in diesem Loch sitzen, sondern zu Hause, wo man auf mich wartet. Aber jetzt ist es schon passiert. Ich bin, ohne es zu wollen, in diesen Strudel von Lügen geraten und nicht mehr herausgekommen. So ist das ja manchmal bei den Menschen: Sie lassen sich auf eine harmlose kleine Lüge ein, und dann verstricken sie sich immer tiefer darin, und es gibt lauter neue kleine Lügen. Ich hab gedacht, aus dieser unangenehmen Geschichte komme ich wieder heraus, wenn ich mir einfach was ausdenke. Bloß ist jetzt die alte Lüge nicht aus der Welt, sondern ich sitze nur noch tiefer im Schlamassel. Ich glaube, ich hab das ganze Durcheinander nur angerichtet, weil jeder nur noch von der Reise dieser jungen Frau geredet hat. Bestimmt wäre ich sonst gleich mit der Wahrheit herausgerückt, schließlich hab ich ja, wie gesagt, kein Verbrechen begangen. Aber dann ist um diese junge Frau, die ich herbegleitet hatte, ein derart riesiges Aufsehen gemacht worden. Ich war ganz verwirrt, und alles war auf einmal so kompliziert. Ich kam mir vor wie ein Kind, das etwas kaputtgemacht hat, und die Erwachsenen sind böse. Also, am Morgen dieses Tages … später werde ich Ihnen alles ganz genau erzählen … als ich dann merkte, dass ihr Kommen etwas auslöste … ich weiß nicht, wie ich es ausdrücken soll … eine ungeheuer große Erschütterung, und jeder wollte wie im Fieber nur noch wissen, wer sie hergebracht hatte, also, da sagt mir mein Selbsterhaltungstrieb, dass ich so schnell wie möglich verschwinden muss, spurlos aus dieser Geschichte verschwinden muss, in die ich ganz zufällig hineingeraten bin. Das habe ich dann versucht. Aber, na ja. Ich sollte Ihnen die ganze Sache vielleicht besser von Anfang an erzählen. Ich glaube, Sie wollen alles ganz genau wissen, Herr Beamter, oder nicht?«

Stres saß wie versteinert hinter dem rohbehauenen Tisch.

»Ich höre«, sagte er. »Erzähle alles, was dir erzählenswert vorkommt.«

Stres' Leidenschaftslosigkeit schien den Häftling etwas zu beruhigen.

»Ich weiß nicht, es ist ja das erste Mal, dass ich verhört werde … Aber soviel ich weiß, stellt der Untersuchungsbeamte Fragen, die man dann beantworten muss. So ist es doch, oder? Sie …«

»Rede nur«, sagte Stres, »ich höre.«

Der Gefangene wälzte sich auf dem Strohlager auf die andere Seite.

»Stören dich die Fesseln?« fragte Stres. »Soll ich sie dir abnehmen lassen?«

»Ja, wenn es vielleicht möglich wäre.«

Stres machte dem Gehilfen ein Zeichen.

»Danke«, sagte der Gefangene.

Mit den Fesseln schien ihm auch der letzte Rest an Sicherheit abhanden gekommen zu sein. Hilfe suchend blickte er Stres an, doch das letzte Fünkchen Hoffnung auf eine Frage verglomm schnell, und mit ihm seine bisherige Lebhaftigkeit. Leise begann er zu erzählen.

»Ich habe Ihnen ja gestern schon erzählt, dass ich mit Ikonen hausiere. Dabei habe ich diese junge Frau kennengelernt. Ich komme aus Malta, aber den größten Teil des Jahres bin ich auf dem Balkan unterwegs oder sonst wo in Europa und verkaufe meine Ikonen. Wenn ich zu viele Einzelheiten erzähle, unterbrechen Sie mich bitte. Sie wissen doch, es ist das erste Mal, dass man mich verhört, und ich kenne die Regeln noch nicht. Also, ich verkaufe Ikonen, und Sie können sich bestimmt vorstellen, dass man es dabei hauptsächlich mit Frauen zu tun hat. So lernte ich sie eines Tages kennen, Doruntina, so hieß sie. Sie sagt mir, dass sie fremd ist in Böhmen, aus Arberien hierher geheiratet hat, und ich erzähle ihr, dass ich vor kurzem erst dort vorbeigekommen bin. Das hat sie sehr erschüttert. Fast wäre sie sogar in Ohnmacht gefallen. Du bist der Erste hier, sagt sie, der von Arberien kommt. Sie fragt mich, ob ich weiß, was dort los ist, ob etwas passiert ist, warum niemand von ihrer Familie sie besuchen kommt? Mir war etwas zu Ohren gekommen von einem Krieg oder einer Pest, auf jeden Fall von etwas Schlimmem, und ich sage es ihr. Damit sie sich nicht aufregt, setze ich hinzu, das sei aber schon lange her, fast drei Jahre. Sie schreit auf und sagt: Genau seit dieser Zeit habe ich nichts mehr von dort gehört. Ich Unglückliche, bestimmt ist etwas passiert. Ganz aufgelöst, schluchzend und weinend, erzählt sie mir, dass sie vor drei Jahren hierher geheiratet hat, dass die Mutter und die Brüder zuerst dagegen gewesen sind, dass aber einer von ihnen, Konstantin mit Namen, der Mutter hoch und heilig versprochen hat ... Ehrenwort nennt ihr Albaner das in letzter Zeit, ein komischer Ausdruck, habe ich nie vorher gehört ... dass er also der Mutter sein Ehrenwort gegeben hat, ihr die Tochter wiederzubringen, wenn sie es möchte. Doch dann vergehen Wochen und Monate, sogar Jahre, und keiner von zu Hause kommt Doruntina besuchen, auch Konstantin nicht, trotz seines Versprechens. Sie hat furchtbares Heimweh, und unter all den Fremden fühlt sie sich sehr einsam. Außerdem ist da immer die Angst, dass zu Hause vielleicht ein Unglück passiert ist. Als ich ihr nun von Krieg und Pest erzähle, ist sie sicher, dass ihre Ahnungen sie nicht getrogen haben und etwas Schreckliches passiert ist. Sie sagt mir, sie will gerne nach Hause reisen, und ihr Mann hat ihr auch versprochen, sie hinzubringen, wenn ihre Brüder schon nicht an sie denken, nur hat er viel zu tun und keine Zeit für die lange Reise.

Sie war wirklich sehr hübsch, und die Tränen machten sie sogar noch schöner. Beim Zuhören packt mich also die Begehrlichkeit, und plötzlich komme ich auf die Idee und schlage ihr vor, dass ich sie nach Hause bringe, wenn sie will. Lange Reisen sind für mich etwas Normales, deshalb ging mir der Vorschlag so leicht von den Lippen wie anderen Leuten das Angebot, einen in die Nachbarstadt zu begleiten. Ihr kam die Idee am Anfang verrückt vor, was nicht weiter verwunderlich war. Doch gerade, weil sie sich so heftig gegen den Vorschlag wehrte, gab ich die Hoffnung nicht auf. Ich hatte nämlich den Eindruck, dass sie mehr sich selber davon überzeugen wollte, dass die Idee verrückt war, als mich. Je öfter sie sagte, ich sei verrückt und sie noch mehr, weil sie mir überhaupt zuhörte, desto begehrlicher wurde ich, und meine Hoffnung wuchs, dass sie schließlich doch noch nachgeben würde. Als sie mich dann, offenbar nach einer schlaflosen Nacht, ganz bleich und kraftlos fragte, wie sie denn ihrem Mann alles erklären sollte, da wusste ich, dass ich gewonnen hatte. Ich wusste, wir mussten nur so schnell wie möglich aufbrechen, dann würde sich der Rest schon finden. Etwas anderes war nicht wichtig. Ich schlage ihr also vor, wegzugehen, ohne ihn zu fragen, schließlich ist er selbst schuld, wenn er bloß wegen seiner Geschäfte das Versprechen nicht hält, sie heimzubringen. Also kannst du doch auch weggehen, ohne ihm Bescheid zu sagen. Aber wie, wie?, fragt sie ungeduldig. Wie soll ich das später erklären? Allein, mit einem Fremden. Sie wurde ganz rot. Genau, sage ich, wie sollst du ihm erklären, dass du mit einem Fremden weggehst, Gott bewahre?! Aber was soll ich denn sonst tun?, fragt sie. Ich sage ihr: Ich habe darüber nachgedacht. Du musst ihm nur einen Zettel hinterlassen, dein Bruder habe dich eilig abgeholt, weil zu Hause ein Unglück geschehen ist. Was für ein Unglück?, unterbricht sie mich. Du weißt etwas, Fremder, aber du sagst es mir nicht: Bestimmt lebt mein Bruder nicht mehr, sonst würde er doch herkommen und mich besuchen.

Zwei Tage ging das so mit ihrem Schwanken. Ich wollte nicht auffallen und versuchte deshalb, mich immer heimlich mit ihr zu treffen. Mein Wunsch, mit ihr wegzugehen, wurde übermächtig. Schließlich gab sie nach. Es war ein trüber Spätnachmittag, als sie zu der Kreuzung gerannt kam, wo ich auf sie wartete. Zum letzten Mal, so hatte ich ihr gesagt. Sie stieg hinter mir aufs Pferd, und wortlos brachen wir auf. Wir ritten so lange, bis wir glaubten, dass niemand mehr unsere Spuren finden konnte. In einem abgelegenen Gasthaus verbrachten wir die Nacht und brachen schon frühmorgens wieder auf. Ich glaube, ich muss Ihnen nicht sagen, dass sie ständig Angst hatte. Ich beruhigte sie, so gut ich konnte, und wir reisten immer weiter fort. Die Herberge, wo wir die zweite Nacht verbrachten, war noch einsamer als die erste, an den Namen der Gegend erinnere ich mich nicht mehr. Ich möchte Ihnen meine Annäherungsversuche lieber nicht schildern. Am Anfang scheiterten sie sowieso an ihrem Stolz und ihrer ständigen Furcht. Ich zog das ganze Register, von glühenden Beteuerungen bis zur Drohung, dass ich sie mitten in der europäischen Einöde allein zurücklassen würde. Schließlich, in der vierten Nacht, gab sie sich mir hin. Ich war so betrunken davon, dass ich am nächsten Morgen jede Orientierung verlor, nicht mehr wusste, wo wir waren und wohin wir gingen ... Wenn ich unnötige Einzelheiten erzähle, unterbrechen Sie mich bitte. So verbrachten wir ein paar ganz merkwürdige Tage und Nächte. Wir schliefen in irgendeinem Gasthaus, in das es uns verschlagen hatte, und zogen dann weiter. Damit wir alles bezahlen konnten, verkauften wir einen Teil ihres Schmucks. Ich wünschte mir, dass die Reise gar nicht mehr zu Ende geht, aber sie hatte es immer eilig. Je näher wir Arberien kamen, desto größer wurde ihre Angst. Was mag dort nur geschehen sein?, fragte sie immer wieder. Sag mir, wie war das mit dem Krieg und der Pest? In Schenken erkundigten wir uns manchmal, doch die Antworten waren verworren. Man sprach von einem großen Krieg auf dem Gebiet von Arberien, doch einige kamen mit der Zeit durcheinander, und andere wussten nur von einer Pest, nicht einem Krieg. Und die Übrigen meinten, ja, so etwas habe es schon gegeben, aber nicht in Arberien, sondern anderswo. Aber je näher wir der arberischen Grenze kamen, desto klarer wurde alles. Ich wollte nicht, dass sie etwas erfuhr, und fragte deshalb nur, wenn sie sich im Zimmer ausruhte. Jetzt wussten alle von diesem Krieg und dieser Pest, die gemeinsam unter den Männern Arberiens gewütet hatten. Als wir die Fürstentümer im Norden des Reiches erreichten, wichen wir den Hauptstraßen und den großen Gasthäusern aus und versuchten, hauptsächlich nachts zu reisen. Wir waren nun schon in der nächsten Nachbarschaft, und sie wollte auf keinen Fall Aufmerksamkeit erregen. So zogen wir durch Einöden, auf der Straße oder einfach querfeldein. Liebten uns, wo es nur ging. Einmal mussten wir wegen des schlechten Wetters doch in einem Gasthof absteigen, und dort erfuhr ich dann die ganze schreckliche Wahrheit. Überall redete man nur vom Unglück dieser angesehenen Familie. Alle ihre Brüder waren tot. Auch Konstantin, der versprochen hatte, sie zurückzubringen. Der Wirt erzählte mir die ganze Geschichte. Nun bekam auch ich Angst, dass man uns womöglich erkannte. Ihr Elternhaus kam immer näher, und wir zermarterten uns den Kopf, wie wir alles erklären konnten. Sie glaubte ja, ihre Brüder seien noch am Leben, deshalb fürchtete sie sich mehr als eigentlich nötig. Ich dagegen kannte die Wahrheit, deshalb kam mir die Sache einfacher vor. Schließlich ist es leichter, wenn man einer alten Frau Rede und Antwort stehen muss, die der Kummer fast um den Verstand gebracht hat, als neun Brüdern.

Sie machte sich immer mehr Sorgen, wie sie den Brüdern und der Mutter ihre Ankunft erklären sollte. Was soll ich sagen, wenn sie fragen, wer mich hergebracht hat? Die Wahrheit? Oder soll ich lügen? Aber wie?

Da war ich gezwungen, ihr ein Stück der Wahrheit zu berichten. Ich sagte ihr, ein Teil ihrer Brüder sei tot, auch Konstantin, der ihr dieses Versprechen gegeben hatte.

Die Verzweiflung machte sie fast wahnsinnig, wie man leicht versteht. Doch trotz ihrer Erschöpfung nach der langen Reise, trotz ihres Kummers, schlimmer war ihre Sorge, wie sie die plötzliche Heimkehr erklären sollte. Die Idee, ihre Reise mit übersinnlichen Kräften zu erklären, stammte von mir. So sehr ich mir den Kopf zerbrach, etwas anderes fiel mir nicht ein. Du hast keine andere Wahl, sagte ich zu ihr. Du musst die gleiche Lüge benutzen wie gegenüber deinem Mann. Also du sagst: Konstantin hat mich hergebracht. Meinen Mann habe ich angelogen, weil ich dachte, mein Bruder sei noch am Leben, antwortet sie, aber jetzt geht es um einen Toten. Gerade deshalb ist es noch leichter, sage ich. Du behauptest einfach, dein Bruder habe dich gebracht. Dann sollen sie denken, was sie wollen, meinetwegen auch an Gespenster. Hat er denn nicht geschworen, dich nach Hause zu bringen, selbst nach dem Tode? Alle kennen sein Versprechen und werden dir deshalb glauben.

Ich wusste ja, dass nur noch die Mutter lebte, und machte mir deshalb keine großen Sorgen. Sie dagegen meinte, mindestens die Hälfte ihrer Brüder sei noch am Leben, und hatte wenig Zutrauen, dass man ihr glauben würde. Aber es blieb ihr keine andere Wahl. Sie hatte einfach keine Zeit, sich etwas Glaubhafteres auszudenken. Außerdem konnten wir inzwischen einfach nicht mehr klar denken. Also gab sie nach.

So kam dann die letzte Nacht, die Nacht zum elften Oktober, wenn ich mich nicht irre. Verstohlen wie Gespenster machten wir uns an das Haus heran. Ich brauche nicht zu sagen, dass sie maßlos aufgewühlt war. Mitternacht war schon vorbei. Wir hatten beschlossen, dass ich ein wenig abseits blieb, im Halbdunkel, während sie zur Tür ging. Doch ihre Beine versagten den Dienst. Deshalb musste ich sie am Arm hinführen. Mit zitternder Hand klopfte sie an. Eigentlich legte sie nur ihre Hand, sie war leichenkalt, auf den Türklopfer, und ich bewegte sie dann. Dann wollte ich schnell verschwinden, doch in ihrer Angst ließ sie meine Hand nicht los. Ich streichelte ihr mit der anderen Hand noch einmal über das Haar, um sie zu beruhigen, da knarrte drinnen auch schon eine Tür, und sie ließ, Gott sei Dank, nicht nur meine Hand los, sondern stieß mich sogar entsetzt weg. Ich hörte, wie von drinnen die alte Frau fragte: ›Wer ist da?‹ und dann ihre Antwort: ›Mach auf, Mutter, ich bin es, Doruntina.‹ Dann wieder die Stimme der Alten: ›Wie bitte?‹. Ich war schon am Weggehen, deshalb bekam ich den Rest nicht genau mit. Aber die Worte hörten sich immer erstickter an und waren mit kleinen Schreien vermischt.

Ich ging auf der großen Straße zu meinem Pferd zurück, stieg auf und ritt eine Weile, um irgendeinen Winkel zum Übernachten zu suchen. Wir hatten für zwei Tage später ein heimliches Treffen ausgemacht, aber ich spürte schon jetzt, dass daraus nichts werden würde. In den Tagen bekam ich den Wirbel mit, den ihre Ankunft ausgelöst hatte, und dachte mir, dass es besser sei, sie nicht wiederzusehen und mich stattdessen davonzumachen. Außerdem hatte ich von Ihren Anweisungen erfahren und wusste, dass nun keine Zeit mehr zu verlieren war. Irgendwie war es ein Frevel gewesen, diese Frau herzubringen, auch wenn der Grund dafür mir nicht klar wurde, und womöglich musste ich teuer dafür bezahlen. Also blieb nur eines: Sofort zu verschwinden. Aber wie? Man würde mich in jedem Gasthaus, an jeder Grenzstelle festnehmen, sobald man mich sah. Einmal war ich nahe daran, mich Ihnen zu stellen und zu sagen: Gut, ich habe diese Frau hergebracht, aber ich wusste nicht, dass das etwas Schlimmes ist, Entschuldigung! Doch dann ließ ich es doch sein. Was geht dich das alles an?, sagte ich mir. Mit ein bisschen Geschick wirst du dich schon wieder herauswinden. Wer hätte auch geglaubt, dass sich die Zuckertage mit dieser jungen Frau so schnell in Gift verwandeln könnten. Ich verhielt mich also vorsichtig und war vor allem nachts unterwegs, mied Straßen und Gasthäuser. Ich dachte, ich sei außer Gefahr, wenn ich erst die Grenze eures Fürstentums hinter mir habe. Ich wusste ja nicht, dass man wegen mir auch die anderen Fürstentümer und Grafschaften benachrichtigt hatte. Dort hat es mich dann erwischt. Ich erkältete mich, als ich einen Fluss durchquerte, schon sein Name bedeutete Unglück: ›Schlechte Wasser‹, so hieß er, glaube ich. Was dann geschah, weiß ich nicht mehr genau. Ich hatte hohes Fieber und kam erst wieder im Gasthaus zu mir, mit gefesselten Händen und Füßen. Das ist alles, Herr Chef. Ich weiß nicht, ob ich alles gut erzählt habe, aber wenn Sie noch Einzelheiten wissen wollen, dann fragen Sie ruhig, ich gebe Ihnen gerne Auskunft, Herr Chef. Es tut mir leid, dass ich zuerst alles falsch gemacht habe, aber Sie verstehen meine Situation, Herr Chef. Ich will gerne alles tun, um meinen Fehler aus der Welt zu schaffen. Alles werde ich Ihnen sagen, Herr Chef, Sie brauchen nur zu fragen.«

Er schwieg. Stres sah ihn an, und er hielt dem Blick stand. Man merkte, dass seine Kehle ausgetrocknet war, doch er wagte es nicht, um Wasser zu bitten. Stres saß wortlos da. Als er dann die Lippen bewegte, flackerte im Gesicht des Häftlings so etwas wie ein Lächeln auf.

»Und das ist die Wahrheit?« fragte Stres.

»Ja, Herr Chef, die reine Wahrheit.«

»Ach, wirklich?«

»Die volle Wahrheit, Herr Chef!«

Stres stand auf. Langsam, als sei sein Nacken aus Holz, wandte er sein Gesicht dem Gehilfen und den beiden Wärtern zu.

»Foltert ihn«, befahl er.

Nicht nur der Gefangene, sondern auch seine drei Untergebenen starrten ihn mit entsetzten Mienen an.

»Foltern?« fragte der Gehilfe leise, als habe er nicht richtig gehört.

»Ja, foltern«, sagte Stres in eisigem Ton. »Und glotzt mich nicht so an. Ich weiß genau, was ich tue.«

Heftig wandte er sich um und ging hinaus. Hinter seinem Rücken begann der Gefangene zu schreien:

»O Herr Chef, Herr Chef, wieso das? Ach, du großer Gott, was soll das? Warum denn, weshalb ...«

Stres hatte es eilig, die Treppen hinaufzukommen. Trotzdem hörte er noch, wie sich die Eisen klappernd schlossen, und dann wieder Schreie, gedämpft nun, aber noch durchdringender und schmerzerfüllter als zuvor.

Stres betrat sein Amtszimmer, griff zur Feder und begann einen Bericht an den Fürsten zu verfassen.

Bericht über die Ergreifung des Begleiters der Doruntina Vranaj

Gestern Abend überstellte mir Grenzhauptmann Gjikondi eine Person, die unter dem Verdacht stand, Doruntina Vranaj hierhergebracht zu haben. Bei einer ersten Befragung machte er keine Einlassungen und bestritt sogar, eine Frau dieses Namens überhaupt zu kennen. Erst unter der Drohung der Folter gestand er alles, so dass endlich Licht in das Rätsel kam. Nach seiner Aussage hat sich alles folgendermaßen abgespielt: Ende September dieses Jahres lernte der Betreffende, ein Ikonenhändler, während einer Geschäftsreise nach Böhmen zufällig D. V. kennen und versprach ihr, nachdem sie ihm ihr Leid und ihre Angst um die weit entfernt lebende Familie geklagt hatte, sie nach Hause zu bringen. Er überredete sie dazu, ihren Mann dergestalt zu täuschen, dass sie ihm eine Nachricht hinterließ, sie sei mit ihrem Bruder Konstantin weggegangen. Die beiden verließen dann Böhmen. Unterwegs begannen sie ein Liebesverhältnis miteinander. Am Ende der anstrengenden Reise teilte er ihr mit, dass ihr Bruder Konstantin schon lange tot sei. Es gelang ihm auf diese Weise, D. V, der keine andere schlüssige Erklärung für die Reise mit dem Fremden einfiel, zu einem Betrug zu veranlassen: Sie gaukelte ihrer Mutter vor, das Gespenst des toten Bruders habe sie hergebracht, um sein zu Lebzeiten eingegangenes Versprechen einzulösen. Später packte den Betreffenden die Angst. Er versuchte sich unauffällig davonzumachen, wurde aber unter den Ihnen sicherlich bekannten Umständen in der Nachbargrafschaft festgenommen, und zwar im Gasthaus »Zum doppelten Robert«. Ich habe befohlen, ihn in strengster Isolation zu halten. Bezüglich weiterer Maßnahmen erwarte ich Ihre Anweisungen.

Hauptmann Stres

Das hochnotpeinliche Verhör, das unten begonnen hatte, erwähnte Stres mit keinem Wort. Er beendete den Brief, versiegelte ihn sorgfältig und schickte sogleich einen Boten los, der ihn in die Hauptstadt des Fürstentums bringen sollte. Ein fast identisches Schreiben ging ans Kloster der drei Kreuze, mit dem Vermerk, es dem Erzbischof gegebenenfalls ins Zentrum nachzusenden.

Sechstes Kapitel

Wieder fiel Schnee, doch war er nun anders, entgegenkommender zu den Menschen. Was weiß sein sollte, wurde weiß, was schwarz war, durfte schwarz bleiben. An den Giebeln tauchten die ersten Eiszapfen auf, ein paar Rinnsale froren zu wie gewöhnlich, und das Eishäutchen darauf war bald kräftig genug, eben das Gewicht eines Vogels zu tragen. Dies war unübersehbar einer der Winter, die der Welt zu Gesicht stehen.

Die Gespräche unter den schneebeladenen Dächern drehten sich immer noch um Doruntina, vielleicht sogar mehr als zuvor. Die Ergreifung ihres Begleiters hatte sich mittlerweile herumgesprochen, und alle kannten seine Aussage wenigstens in Bruchstücken, auf jeden Fall war es genug, um die Welt mit Worten zu überschwemmen, wie eine Handvoll Samen genügt, um einen ganzen Acker anzusäen.

Tagelang pendelte ein Strom von Kurieren zwischen der Hauptstadt und dem Kreis hin und her. Es hieß, eine große Versammlung befinde sich in Vorbereitung, um die Hirngespinste und Seelentrübungen zu verjagen, welche von dem Lügenmärchen um die Wiederauferstehung des toten Bruders hervorgerufen worden waren. Angeblich arbeitete Stres bereits an dem detaillierten Bericht, den er dort vortragen wollte. Den Gefangenen hatte er an einem unbekannten Ort isoliert und schirmte ihn argwöhnisch gegen jedes fremde Auge und Ohr ab.

Was von der Aussage des Häftlings bruchstückhaft nach

draußen zu dringen vermocht hatte, zog nun immer weiter fort, wanderte inmitten frostiger Kälte in weißen Wölkchen von Mund zu Mund, reiste davon auf Karren, Straße um Straße und Gasthaus um Gasthaus. Obwohl die Menschen wegen der kalten Witterung weniger unterwegs waren, verbreitete sich das Gemunkel im gleichen Tempo wie zur warmen Jahreszeit. Man konnte sogar den Eindruck gewinnen, dass es nun, winterlich gefroren, kristallin und glitzernd, sicherer reiste als die Sommergerüchte, weil es weniger als diese der Gefahr ausgesetzt war, durch schwüle Hitze, getrübte Gehirne und überreizte Nerven verdorben zu werden. Trotzdem war es während der Verbreitung natürlich täglich Veränderungen unterworfen: Es blähte sich, nahm Licht auf oder dunkelte ein. Manche Leute waren mit dem, was sie hörten, dennoch nicht zufrieden. Ach was, sagten sie, es gibt bestimmt noch viel vertracktere Geschichten. Gott, was man nicht alles zu hören bekommt, seufzten andere, während sie davongingen.

Alles wartete gespannt auf die große Versammlung, die detaillierte Aufklärung versprach. Es hieß, Adlige aus dem ganzen Fürstentum und selbst aus den anderen Herrschaftsgebieten Arberiens hätten sich angesagt. Einige glaubten, der Fürst selbst wolle kommen. Auch munkelte man von der Anwesenheit hoher kirchlicher Würdenträger, und es waren sogar vereinzelte Stimmen zu hören, die um die Absicht des Patriarchen wissen wollten, sich extra aus Byzanz herbeizubemühen.

Denn die Sache hatte unerwartet weite Kreise gezogen. Die Nachricht war bis nach Konstantinopel gedrungen, die Hauptstadt des orthodoxen Glaubens, und dort verzieh man dergleichen bekanntlich nie. Die Kirchenfunktionäre sind besorgt, angeblich hat sogar der Kaiser eine schlaflose Nacht verbracht. Das hat sich zu einer richtigen Staatsaktion entwickelt. Es geht ja nicht bloß um eine x-beliebige Gespenstergeschichte, damit ist die Kirche noch immer fertig geworden, wenn sie entschlossen durchgriff. Nein, das hier ist wesentlich schwerwiegender, denn es könnte, Gott möge uns davor bewahren, die Fundamente des orthodoxen Glaubens erschüttern. Redet man denn nicht schon von einem »neuen Heiland«? (O weh, sprich leiser!) Einem zweiten Jesus Christus, begreifst du, denn kein anderer ist aus dem Grabe wiederauferstanden. Das ist unentschuldbar, eine schlimme Profanierung: Man unterstellt ja, dass Jesus nun einen Rivalen hat, denn wenn ein anderer ihm die Wiederauferstehung nachzutun vermochte, dann muss man ihn auch neben Christus akzeptieren. Gütiger Gott, behüte uns!

Nicht ohne Grund hielt ja das feindliche Rom die Ohren weit aufgesperrt und lauerte nur darauf, aus der Geschichte Kapital schlagen zu können. Wahrscheinlich hatten die katholischen Mönche das Märchen von Konstantins Wiederbelebung noch extra aufgebauscht, weil sie nur nach einer Gelegenheit suchten, dem orthodoxen Glauben einen vernichtenden Schlag zu versetzen, indem sie ihn einer abscheulichen Häresie bezichtigten, nämlich des Doppelchristentums. Inzwischen wurde bereits von einem Weltkrieg der Religionen gesprochen. Man munkelte, der Mann, der Doruntina nach Hause gebracht hatte, sei ein Agent der römischen Kirche im Spezialauftrag gewesen. Andere gingen noch einen Schritt weiter und behaupteten, Doruntina selbst sei zu den Katholiken übergelaufen. Großer Gott, das ist ja ungeheuerlich!, riefen die Leute. Ja, so verwickelt war die ganze Sache. Doch die orthodoxe Kirche, die selbst Patriarchen und Kaisern niemals etwas durchgehen ließ, hatte schließlich doch noch den Faden der Lösung gefunden und würde nun ihre Feinde nachdrücklich in die Schranken verweisen.

So äußerte sich ein Teil der Leute. Die anderen schüttelten nur lange den Kopf. Nicht, dass sie hätten widersprechen wollen. Doch sie wähnten, das Gerücht von Konstantins Wiederauferstehung sei nicht so sehr auf Intrigen und Rivalitäten zwischen den Hauptreligionen der Welt zurückzuführen als auf einen jener geheimnisvollen Verwirrungszustände, in welche sich die menschliche Seele immer wieder versetzen ließ. Aus dem Gleichgewicht geworfen und desorientiert, suchte sie dann fahrig und blind nach etwas zu fassen, das den Menschen in ein endloses, die Grenzen von Leben und Tod überschreitendes Wechselspiel verwickelte, so dass es Tod gab im Leben und Leben im Tod, und dann wieder Leben im Tod, der mitten im Leben wohnte, oder einen neuen Tod im Leben inmitten des Todes, und so weiter bis in alle Ewigkeit … Nun reicht es aber, beschwerten sich die anderen, ihr macht uns ja mit diesen Gedankenspielereien ganz konfus, könnt ihr euch denn nicht klar und deutlich ausdrücken? Worauf die derart Getadelten im Bemühen um mehr Verständlichkeit immer schneller redeten, als wollten sie dem Nebel zuvorkommen, der sich immer wieder über ihre Argumente legte. Nun ja, begannen sie wieder von vorn, wahrscheinlich hat Konstantins angebliche Wiederauferstehung aus dem Grabe gar nichts mit ihm selbst zu tun, und nicht am Grab bei der Kirche entstand die Illusion, sondern tief im Innern der Menschen, die wieder einmal von der Sehnsucht ergriffen worden waren, sich im Grenzbereich zwischen Leben und Tod auszutoben. Also einer jener regelmäßig wiederkehrenden Ausbrüche kollektiver Besessenheit. Diese Sehnsucht meldete sich zuerst bei Einzelnen, griff dann, alle anderen infizierend, um sich wie ein Pesthauch im Wind und mündete schließlich, o Gott, in pure Raserei, in eine kollektive Orgie von Lebenden und Toten. Leider machten sich die Leute in ihrer Beschränktheit keine Vorstellung, welch entsetzliche Folgen das haben konnte. Sicher, jeder wünscht sich einmal einen Toten zurück, aber doch nur kurz, und stets bleibt eine Nebelwand bestehen (etwas hat mich gehindert, ihn zu umarmen, sagte Doruntina). Stell dir einmal vor, sie kämen einfach daher und ließen sich zwischen uns nieder, was für ein schrecklicher Gedanke. Überlege einmal: Manchmal findet man schon nicht die richtige Sprache, um sich mit einem Neunzigjährigen zu verständigen, wie wäre das dann erst bei einem Neunhundertjährigen? Wie jeden anderen Toten hätte man also auch Konstantin nur für kurze Zeit hierher zurückrufen können (geh schon ins Haus, ich habe noch bei der Kirche zu tun), denn sein Platz für das Leben als Toter war dort im Grab. Sicher, es gab einmal eine Zeit, da wohnten Lebende und Tote zusammen, Menschen und Götter, und manchmal gelang auch eine Ehe zwischen ihnen, aus der dann Mischwesen hervorgingen, doch diese Zeit war barbarisch und wird niemals wiederkehren.

Andere, die schlichteres Denken bevorzugten, hielten es für ziemlich unnötig, wenn man sich selbst und andere ständig mit der Frage quälte, ob Wiederbelebung nun gut oder schlecht sei, weil man sowieso nichts ändern könne. Der Herr entscheidet, wann es Zeit für das Jüngste Gericht ist, sagten sie, da hat keiner von uns mitzureden oder gar Zeichen zu geben. Eben, das ist ja das Schlimme an dem Geschwätz über Konstantins Wiederauferstehung, mischten sich andere ein, dass man sie als Zeichen oder Signal für das Jüngste Gericht genommen hat, als ob das nicht allein in Gottes Hand liegen würde. Das ist es ja gerade, was die römische Kirche uns Orthodoxen anhängen möchte: Dass wir das Gerede von der Ausrufung des Jüngsten Gerichts zugelassen hätten! Aber nun wird endgültig Ordnung geschaffen! Die byzantinische Kirche lässt sich nicht überrumpeln! Stres hat das Betrugsmanöver schließlich doch noch aufgedeckt, und bald wird das ganze Land, ja die ganze Welt von Rom bis Konstantinopel davon erfahren. Bestimmt bekommt Stres einen Orden.

In seinem Haus erlosch endlich das Licht. Sicher war er wieder bis spät über seinem Bericht gesessen. Ich bin ja gespannt, was wir noch alles zu hören bekommen, meinten die Leute. Glücklich die Tauben, bei Gott! In solchen Zeiten haben nur sie einen ruhigen Schlaf.

Obwohl der Himmel weit heruntergekommen war, wirkte er fremd wie selten sonst. Verächtlich verschloss er sich den Blicken, die durch ihn hindurchgehen wollten, und nicht nur die Greise, sondern fast das ganze Volk stöhnte unter dem stickigen Dunst.

Trotzdem hörte die Welt nicht auf zu reden. Jeden Morgen kam zu Doruntinas Geschichte unweigerlich etwas hinzu oder etwas ging verloren. Nur die Klageweiber sahen keinen Anlass, ihre Totengesänge zu verändern. Ein neuer Tag des Totengedenkens dämmerte herauf, alle fanden sich, wie es Brauch war, an den Gräbern ein, und sie beweinten die Vranaj in den immergleichen Versen:

> Konstantin, hörst du mein Seufzen?
> Wo ist der Eid, den du geschworen?
> Versenkt im Erdreich ruht dein Wort!

Als man es Stres erzählte, hörte er mit einem rätselhaften Lächeln zu. Er war viel blasser als früher.

»Was bedeutet euch das Ehrenwort?« fragte er Konstantins Freunde, mit denen er in letzter Zeit gerne zusammen war.

Die vier jungen Männer, Shpend, Milosao und die beiden Söhne der Familie Radha, sahen einander an. Um sie zu treffen, ging Stres fast jeden Nachmittag ins Neue Wirtshaus, wo sie schon zu Konstantins Lebzeiten gerne beieinandergesessen hatten. Die Leute schüttelten verwundert den Kopf, wenn Stres sich zu ihnen setzte. Für einige steckten dienstliche Gründe dahinter, während andere ihm seinen privaten Zeitvertreib zugestanden. Er ist mit seinem Bericht fertig und will sich nun ein bisschen erholen. Die Übrigen zuckten nur mit den Schultern. Wie sollte man wissen, was er damit bezweckte? Stres schaute keiner auf den Grund, er war so tief wie ein Brunnen. Man kam nie dahinter, was er eigentlich vorhatte.

»Also, was bedeutet das Ehrenwort für euch? Oder besser, was bedeutete es für ihn, für Konstantin?«

Die vier Freunde hatte Konstantins Tod von allen am meisten getroffen. Er war für sie wie ein Bruder gewesen, und auch jetzt, nach drei Jahren, beherrschte er noch immer ihre Gespräche und Gedanken, weshalb viele Leute halb ernsthaft, halb im Scherz von »Konstantins Jüngern« sprachen. Jetzt sahen sie einander an. Warum stellte ihnen Stres diese Frage?

Es war ihnen nicht leicht gefallen, die Gesellschaft des Hauptmanns zu akzeptieren. Sie hatten sich ihm gegenüber stets kühl verhalten, schon zu Konstantins Lebzeiten, doch seit Stres sich mit dem Geheimnis um Doruntinas Heimkehr beschäftigte, begegneten sie ihm mit eisiger Ablehnung, fast feindselig. Feindselig hatten sie auch auf seine ersten Annäherungsversuche reagiert, doch dann änderten sie überraschend ihre Einstellung und duldeten den Hauptmann in ihrer Runde. Sie sind wirklich nicht auf den Kopf gefallen, die Burschen von heute, sagten die Leute in der Kirche. Sie wissen genau, was sie tun.

»Den Begriff gab es auch früher schon«, fuhr Stres fort, »doch inzwischen hat sich seine Bedeutung geändert. Bei Rechtsstreiten bin ich schon mehrmals darauf gestoßen.«

Sie saßen versonnen da. Früher, als Konstantin noch am

Leben gewesen war, hatten sie ihre nun öden Nachmittage und Abende mit heißen Debatten über vielerlei Dinge ausgefüllt, aber bestimmt war das Ehrenwort eines ihrer liebsten Themen gewesen. Und mit gutem Grund, denn darum, wie um eine Achse, drehte sich fast alles andere.

Als der Erzbischof damals ihren Familien eine ernste Warnung zukommen ließ, verhielten sie sich anderen Leuten gegenüber etwas vorsichtiger, schon ihrem bewunderten Konstantin zuliebe. Doch der war nun nicht mehr unter ihnen. Ohnehin schien Stres die meisten ihrer Ansichten schon zu kennen, deshalb konnte er den Rest ruhig auch erfahren, zumal sie ja keine Angst hatten, sondern nur Verdrehungen und Verleumdungen aus dem Weg gehen wollten. Wenn man ihnen die Möglichkeit dazu gab, waren sie gerne bereit, ihre Meinung vor allen offen zu äußern.

»Wie Konstantin über das Ehrenwort dachte?« antwortete Milosao. »Das kann man nur verstehen, wenn man seine ganze Weltanschauung kennt.«

Also begannen sie zu erzählen. Stres hörte zu.

Wie der Herr Chef wahrscheinlich wisse, sei Konstantin ein rebellischer Geist gewesen, ein Kontestierer, wie sie selbst ja auch. Gesetze, Institutionen, Dekrete, Gefängnisse, Polizei und Gerichte habe er abgelehnt, weil sie dem Menschen von außen aufgezwungen würden, über ihn hereinbrächen wie Hagelschauer. Deshalb, so habe er gemeint, müssten sie verschwinden und anderen Gesetzen Platz machen, inneren, aus dem Menschen selbst kommenden. Dabei habe er nicht zuerst an einen geistigen, bewusstseinsmäßigen Prozess gedacht, keineswegs, nur ein weltfremder Träumer könne schließlich annehmen, die Menschheit lasse sich ausschließlich von der Vernunft leiten. Vielmehr habe er etwas durchaus Greifbares im Auge gehabt, dessen Samen im Leben der Arberier schon seit einiger Zeit verstreut vorzufinden sei und das nur gehegt und gepflegt werden müsse, um zum System heranzureifen. Einem System, das keiner dekretierten Gesetze bedürfe, keiner Gerichte und Gefängnisse, keiner Polizei. Gewiss werde es auch in dieser Ordnung Tragödien geben, Mord und Gewalt, doch müssten es die Menschen selbst sein, die straften und bestraft würden, frei vom Zwang der Gesetze. Sie würden töten und sich töten lassen, ins Gefängnis gehen oder daraus fort, so wie es ihnen richtig erscheine.

Ob denn eine solche Ordnung überhaupt denkbar sei? fragte Stres. Landete man dabei nicht letzten Endes doch wieder beim Bewusstsein oder bei der Träumerei, wie sie selbst es nannten?

Sie antworteten, die Institutionen, die in dieser neuen Welt die alten ersetzten, seien wohl unsichtbar, untastbar, aber deshalb noch lange keine Traumgespinste und schon gar nicht paradiesisch, vielmehr düster und tragisch, also so gewichtig wie die alten, wenn nicht gewichtiger. Nur seien sie im Menschen selbst, nicht als Stimme des Gewissens oder dergleichen, sondern als etwas nicht restlos Fassbares, eine Idee, eine Überzeugung, ein von allen empfangener und akzeptierter Befehl, den jeder aber nach seinem eigenen Willen ausführe. Obwohl es also im Innern des Menschen wohne, sei es doch nichts Geheimes, sondern allen Bekanntes. Als sei des Menschen Brust durchsichtig, werde ein jeder Zeuge von Kümmernissen, Dramen, von Entschlossenheit oder Zaudern, Würde oder Jämmerlichkeit. Auf solche Säulen werde sich die neue Ordnung stützen. Eine davon, und vielleicht die wichtigste, sei das Ehrenwort.

Stres mischte sich milde ein. Ob er sie daran erinnern dürfe, dass dies ja nun mehr oder weniger der alte Kanun sei, den die Arberier, wie sie bestimmt wüssten, von ihren illyrischen Vorfahren geerbt hätten, und deren Kanun wiederum habe große Ähnlichkeit gehabt mit jenem der alten Griechen, von denen auch das Wort selbst stamme, Kanon. Im vergangenen Jahr habe sich ihm während einer dienstlichen Reise nach Rom die Gelegenheit geboten, eine eintausendfünfhundert Jahre alte griechische Tragödie zu lesen, und er habe nur staunen können …

Sie wussten es, wie sie auch wussten, dass der Kanun schon vor langer Zeit durch Gerichte ersetzt worden war. Doch waren sie der Meinung, die Menschheit habe diesen Schritt getan, ohne richtig darauf vorbereitet gewesen zu sein. Sie standen dafür, dass ein erneuerter Kanun der Zeit gemäßer sei als die bestehenden Regierungssysteme. Man brauche nur einmal das Ehrenwort zu nehmen. Noch zeige es sich selten, ohne feste Konturen, fein und hübsch wie ein Wildblümchen, das noch veredelt werden müsse. Um klarzumachen, worum es ihnen ging, erinnerten sie an etwas, das vor vielen Jahren, noch zu Konstantins Lebzeiten, in einem nicht weit entfernten Dorf vorgefallen war. Einer hatte in seinem Haus einen Gast getötet. Stres kannte die Geschichte. Damals hatte man vom »gebrochenen Ehrenwort« gesprochen. Das ganze Dorf, Groß und Klein, war fassungslos gewesen. Gemeinsam beschloss man, dass sich ein solches Unglück niemals wiederholen dürfe. Und noch mehr: Jeder, Bekannter oder Fremder, der das Dorf berührte, sollte unter dem Ehrenwort stehen, als Gast betrachtet und beschützt werden, dem zu jeder Tages- oder Nachtstunde alle Türen offen standen, der zu essen bekam und nicht angetastet werden durfte. Am Markttag spotteten die anderen: Wollt ihr ein kostenloses Mittagessen? Dann geht in das Dorf X und klopft an eine beliebige Tür! Ihr werdet sehen, wie ehrerbietig man euch empfängt. Sogar aus dem Dorf wird man euch begleiten wie einen Bischof. Doch die Dorfbewohner kümmerten sich nicht um den Spott der anderen, sondern erwirkten sogar beim Fürsten das Recht, Wortbrecher selbst aburteilen zu dürfen. Seither kam in diesem Flecken keiner, der das Ehrenwort brach, lebend davon. Ein anderes, weit entferntes Dorf erbat sich daraufhin vom Fürsten etwas, das ähnlich klang und dennoch reichlich merkwürdig anmutete: Nicht nur die Ortschaft, sondern auch ein Stück der Hauptstraße samt zwei Gasthäusern und einer Mühle sollten unter das Ehrenwort gestellt werden. Doch der Landesherr verweigerte seine Zustimmung. Er fürchtete offenbar, die Ausbreitung des neuen Gesetzes werde sich komplizierend nicht nur auf den Betrieb der Straße, sondern auch eines Stückes Staat auswirken.

Das also war das Ehrenwort, um das es Konstantin ging. Er hielt es für etwas ungeheuer Sublimes und glaubte, wenn es sich ausbreitete und zusammen mit anderen, ähnlichen Normen alle Bereiche des Lebens durchdrang, dann würden die äußeren Gesetze samt den daran hängenden Institutionen wie die alte Haut einer Schlange von selbst abfallen.

So hatte Konstantin an ihren unvergesslichen Nachmittagen im Neuen Wirtshaus gesprochen. Meine Mutter bekommt von mir das Ehrenwort, dass ich Doruntina, wann immer sie es wünscht, bei ihrem Mann abhole und herbringe, sogar krank, halb tot, mit nur einer Hand, einem Bein, ohne Augen, selbst … Und dieses Ehrenwort gilt unverbrüchlich!

»Selbst … «, wiederholte Stres. »Sollte das womöglich heißen, dass er selbst tot … Was meinst du, Milosao?«

»Vielleicht … «, antwortete der junge Mann und blickte verwirrt aus dem Fenster.

»Das kann doch nicht sein!« sagte Stres. »Schließlich war er nicht so einfältig, an Gespenster zu glauben. Es gibt sogar eine Beschwerde des Bischofs, weil ihr euch an Ostern darüber lustig gemacht habt, dass die Leute an Christi Wiedergeburt glauben. Wie soll er da gemeint haben, er selbst könne von den Toten auferstehen?«

Mit einem unterdrückten Lächeln sahen sie einander an.

»Sie haben recht, Herr Chef, soweit Sie von der heutigen, der gewöhnlichen Welt sprechen. Aber Sie sollten nicht vergessen, dass es uns um eine neue Welt mit ganz anderen Dimensionen ging, eine Welt des Ehrenworts. In dieser Welt war alles möglich.«

»Obwohl ihr immer noch in unserer Alltagswelt lebtet?« fragte Stres.

»Ja. Aber ein Teil von uns, und vielleicht der Bessere, war schon dort.«

»Dort …«, wiederholte Stres. Nun war es an ihm, ein Lächeln zu unterdrücken.

Sie ließen sich nicht anmerken, ob sie es wahrgenommen hatten, sondern fuhren fort, über Konstantins Ideen zu reden, über die Gründe, die eine Erneuerung der Lebensstrukturen in Arberien verlangten. Gigantische Stürme zogen am Horizont herauf. Arberien war eingezwängt zwischen zwei Religionen und zwei Welten, zwischen Rom und Byzanz, Okzident und Orient. Ihr Aufeinanderprallen würde zwangsläufig eine gewaltige Flutwelle auslösen, vor der sich Arberien irgendwie schützen musste. Strukturen waren zu entwickeln, die mehr aushielten als die »äußeren« Gesetze und Institutionen, ewige, universale Strukturen, die im Menschen selbst verankert waren, unantastbar und unsichtbar und deshalb unzerstörbar. Kurz, der Arberier musste die Gesetze, Ämter, Gefängnisse, Gerichte und so weiter in der Weise verändern, dass er sie, wenn der Sturm erst hereinbrach, aus der äußeren Welt herausnehmen und tief in sich selbst in Sicherheit bringen konnte. Das muss sein, wenn wir nicht ganz vom Angesicht der Erde verschwinden wollen, meinte Konstantin. Und das Ehrenwort war für ihn der Dreh- und Angelpunkt dieser neuen Struktur.

»Dass Konstantin scheiterte, dass er doch sein Ehrenwort

brach, war natürlich schlimm. Unerträglich, nicht wahr?«
sagte Stres.

»Schlimm, ja … Vor allem, als ihn die Mutter verfluchte …
Nur, er ist nicht gescheitert, Herr Chef … Schließlich hat
er ja sein Versprechen doch noch eingelöst … Mit ein wenig Verspätung, sicher … Aber dafür gab es immerhin einen
bedeutsamen Grund … seinen Tod! Trotzdem hat er Wort
gehalten … «

»Ihr wisst so gut wie ich, dass nicht er Doruntina brachte«,
sagte Stres.

»Das glauben Sie. Wir sehen das anders.«

»Man kann nicht nach Belieben an der Wahrheit drehen.
Er ist es auf gar keinen Fall gewesen.«

»Doch, er hat Doruntina gebracht … «

»Dann frage ich euch: Glaubt ihr an die Wiederauferstehung des Menschen?«

»Das ist nebensächlich. Das hat mit dem Kern der Frage
überhaupt nichts zu tun.«

»Was? Wenn ihr nicht an die Wiederauferstehung des
Menschen glaubt, dann könnt ihr auch nicht behaupten, dass
Konstantin seine Schwester auf dieser Reise begleitet hat!«

»Da gibt es keinen Zusammenhang, Herr Stres. Das ist
absolut nebensächlich. Wichtig ist nur, dass er Doruntina
hergebracht hat.«

»Vielleicht liegt es wirklich daran, dass wir in verschiedenen Welten leben«, sagte Stres. »Was in der einen Welt wahr
ist, wird in der anderen für eine Lüge gehalten. Habe ich
recht?«

»Kann sein, vielleicht … «

Unterdessen hielt die bevorstehende Versammlung alle in
Aufregung. Wie vor einem Gewitter flatterten Meinungen,
Mutmaßungen, Ahnungen und die unglaublichsten Meldun-
gen durch die Luft, sanken zu Boden und wurden wieder

aufgewirbelt. Der Strom der Kuriere in beiden Richtungen wurde dichter und dichter. Keiner wusste genau, wann die Versammlung stattfinden würde, nur, dass der Tag heranrückte.

Siebtes Kapitel

Als Stres den Kopf zum Fenster wandte, um festzustellen, ob es bereits tagte, glaubte er auf dem Kopfkissen ein blondes Haar zu entdecken. Was bedeutet das? fragte er sich und schlief sogleich wieder ein.

Dann erwachte er wieder, und diesmal war es wirklich Tag. Eine Weile suchte sein Blick das Kopfkissen ab, ehe er leise aufstand und zum Fenster hinüberging, wo er sich mit einem kurzen Griff davon überzeugte, dass es während der Nacht nicht geöffnet worden war. Hatte er tatsächlich von Doruntina geträumt, wie sie im offenen Grab lag und der Wind in ihren Haaren spielte, oder bildete er sich alles nur ein? Dann starrte er wieder auf das Kopfkissen. Es stand schlecht um seine Nerven, wenn er wegen einer Winzigkeit wie dieser auf solchen Unsinn kam. Dabei war er sich so sicher, das Haar gesehen zu haben, dass er zum gegenüberliegenden Haus hinüberschaute. Vor ein paar Wochen hatte er nämlich ein Mädchen beobachtet, das sich dort am Fenster kämmte. Wäre es Sommer gewesen, hätte er glauben mögen, ein Windstoß habe das Haar von dort herübergeweht.

»Stres«, hörte er die verschlafene Stimme seiner Frau, »schon wieder bist du so früh auf den Beinen ... «

Sie murmelte etwas Unverständliches, doch anstatt sich wie sonst die Decke über den Kopf zu ziehen, schaute sie ihn, auf die Ellbogen gestützt, kummervoll an.

»Sie bringt dich ganz durcheinander, diese ... wie heißt das ... Versammlung.«

Das Wort Versammlung hörte sich fremd an aus ihrem Mund, so fremd wie die Halluzination, die er eben noch gehabt hatte.

Versammlung, wiederholte er bei sich. Wie konnte man sich der ursprünglichen Bedeutung dieses Wortes annähern? Es war alt, doch der Schrecken, der es umhüllte, war gewiss von neuerer Art, kam nicht, wie sonst meistens, aus den Grotten des Vergangenen, sondern eher aus der entgegengesetzten Richtung.

Stres starrte auf die graue Linie des Horizonts. In letzter Zeit wanderten seine Gedanken oft in die Zukunft, doch was er dort fand, linderte nichts, sondern machte ihn nur noch müder.

Als er eine Stunde später das Haus verließ, sah er noch einmal zu dem Fenster hinauf, aus dem vielleicht das blonde Haar herbeigeweht worden war. Dann ging er raschen Schritts zum Amt.

»Ist etwas geschehen?« fragte er seinen Gehilfen.

Der trug ihm die Neuigkeiten der vergangenen Nacht vor.

»Und sonst?« sagte Stres. »Irgendetwas Ungewöhnliches? Eine Grabschändung, zum Beispiel … Damit muss man in solchen Zeiten ja wohl rechnen, oder?«

Der Gehilfe wusste von nichts dergleichen.

»Aha! Gut, dann komm mit zum Alten Kloster. Wir wollen uns anschauen, wie weit die Vorbereitungen gediehen sind.«

Weil sein Innenhof rund zweitausend Menschen fasste, hatte man das Alte Kloster als Versammlungsort ausgewählt. Tagelang waren Zimmerleute damit beschäftigt, für die geladenen Gäste Tribünen aus Holz aufzurichten, über denen man für den Fall, dass es regnen sollte, Planen anbrachte, und außerdem ein Rednerpodium für Stres.

Die Versammlung war für den ersten Sonntag im Dezember angesetzt, doch schon Mitte der Woche waren in der Gegend die meisten Herbergen überfüllt, vor allem in unmittelbarer Nähe des Alten Klosters, außerdem sämtliche Gasthäuser an der großen Straße. Weltliche und kirchliche Besucher aus allen Teilen des Fürstentums waren bereits da oder trafen eben ein, dazu Geladene aus den benachbarten Fürsten- und Herzogtümern oder Grafschaften. Man wartete noch auf die Gäste aus den entfernteren Fürstentümern sowie auf den Delegierten des heiligen Patriarchats, der aus der Hauptstadt des Reiches anreiste.

Die Herrschaften, die in Kutschen mit zumeist wappengeschmückten Türen die große Straße hinauf und hinunter rollten, trugen bunt schillernde Gewänder mit aufgestickten Emblemen, die mit den Wappen auf den Kutschen identisch waren. Bei ihrem Anblick lernten die Leute mehr über fürstliche Höfe, Feierlichkeiten, Dienstgrade, geistliche und weltliche Hierarchien als in ihrem ganzen bisherigen Leben. Erst jetzt wurde ihnen klar, welche Dimensionen, welches Gewicht das Ereignis zur Mitternacht des elften Oktober wirklich hatte, das ihnen am Anfang wie eine banale Gespenstergeschichte erschienen war. Am Tag vor der Versammlung begab sich Stres zum Alten Kloster, um die Örtlichkeiten zu inspizieren. Die Vorbereitungen waren abgeschlossen, die Zimmerleute hatten ihr Werkzeug zusammengepackt und sich verabschiedet, und wo das Stufenwerk der Tribünen nicht vom Zeltdach geschützt war, hatte der feine Regen einen dünnen Nässefilm hinterlassen. Stres ging zum Rednerpodium. Eine Weile stand er da und starrte auf die leeren Tribünen.

Dann plötzlich ruckte sein Kopf jäh nach rechts, nach links, als ob ihn jemand gerufen, als ob er Schreien und Stimmenlärm gehört habe. Ein bitteres Lächeln erschien auf seinem Gesicht. Dann ging er mit bedächtigen Schritten weg.

Schließlich brach der heftig herbeigesehnte Tag der großen Versammlung an. Bittere Kälte herrschte, und eben, weil es Sonntag war, froren die Menschen noch mehr. Reglos, gleichsam am Himmel verankert, hingen hoch droben die Wolken. Mit Ausnahme der für hohe Würdenträger und Gäste aus den anderen Fürstentümern und aus Konstantinopel reservierten Tribünen war der Innenhof des Klosters schon seit dem frühen Morgen überfüllt, so dass der Menge der zu spät Gekommenen nichts anderes übrig blieb, als sich draußen auf dem öden Feld vor der Mauer einen Platz zu suchen und darauf zu vertrauen, dass sie auch dort etwas mitbekamen. Aber keine Frage, sie würden etwas mitbekommen, und zwar sehr schnell, denn für die Neuigkeiten war das Mauerwerk nur die erste Barriere, die sie bezwingen mussten, um danach die ganze Welt zu überschwappen.

Eingehüllt in graue Umhänge aus Ziegenhaar, die sie vor der Kälte und vor allem vor dem Regen schützten, saßen sie da und beobachteten die in Kolonnen eintreffenden Pferdegespanne mit den Gästen. Die Tribünen im Innenhof füllten sich allmählich. Die Letzten, die Platz nahmen, waren der persönliche Vertreter des Fürsten, die Delegaten aus Byzanz, die vom Erzbischof des Fürstentums begleitet wurden, sowie Stres, den die schwarze Uniform mit dem weißen Ziegengehörn nicht nur größer, sondern auch bleicher machte.

Der Erzbischof löste sich aus der Gruppe der geladenen Gäste und schritt zum Podium, um die Versammlung zu eröffnen. Rufe waren zu hören: »Ruhe, Ruhe!«, dann kehrte allmählich Stille auf dem großen Hof ein. Erst auf ihrem Höhepunkt wurde plötzlich eine Art Rauschen wahrnehmbar. Das war die Menge draußen vor den Klostermauern.

Der Erzbischof bemühte sich, seiner Stimme Kraft und Klang zu verleihen, doch fehlte ihm dazu die gewohnte Kuppel der Kathedrale. Diese Unzulänglichkeit machte ihn nervös, er fing an zu husten und sich zu räuspern, doch die Dimensionen des Innenhofs unterwarfen das Organ einem gnadenlosen Wertverlust. Nicht einmal die Mauern konnten mit einem Echo aushelfen, weil sie zu niedrig waren. Trotzdem setzte der Erzbischof seine Ansprache fort, kurz den Zweck der Großversammlung umreißend, die zur Aufdeckung eines schlimmen Bubenstücks diene, das bedauerlicherweise just in diesem Dorf begonnen habe. Bekanntlich gehe es um eine vorgetäuschte Wiederauferstehung aus dem Grabe und eine Reise des Betreffenden mit einer Lebenden (die Betonung der Worte »des Betreffenden« und »einer Lebenden« sollte offensichtlich unterstreichen, dass er keineswegs gewillt war, die Namen Konstantin und Doruntina in den Mund zu nehmen). Dann ging er auf den Nachhall ein, den das Gaunerstück überall im Fürstentum, jenseits seiner Grenzen und sogar jenseits der Grenzen Arberiens gefunden hatte, auf die unermesslichen Katastrophen, die diese Häresie auslösen konnte, wenn man ihr nicht entschlossen entgegentrat, auf die Bestrebungen Roms, aus dieser Ketzerei Kapital gegen die heilige byzantinische Kirche zu schlagen, und schließlich auf die Maßnahmen der Letzteren zur Durchkreuzung des abscheulichen Betrugsmanövers.

»Und nun erteile ich Hauptmann Stres das Wort«, schloss er, »der mit der Untersuchung der Angelegenheit betraut war und nun einen ausführlichen Bericht über die Ereignisse geben wird. Er wird im Detail aufzeigen, wie das Lügengespinst aufgebaut wurde, wer sich hinter dem vermeintlich Wiederauferstandenen verbarg, wie es sich wirklich mit der Reise verhielt, auf der angeblich der tote Bruder die Schwester begleitete, was dann geschah und schließlich, wie alles ans Licht kam.«

Seine letzten Worte gingen in heftigem Geflüster unter, denn Stres verließ seinen Platz und ging zum Podium.

Er schaute über die endlose Menge hinweg und wartete, bis eine erste Schicht von Stille sich über sie gelegt hatte. Bei den Sätzen am Beginn hörte sich seine Stimme sehr schwach und brüchig an, doch gewann sie an Kraft und Volumen, je tiefer das Schweigen wurde. Er gab einen chronologischen Überblick über die Ereignisse in der Nacht des elften Oktober und danach, schilderte Doruntinas Heimkehr, bei der sie behauptete, mit dem toten Bruder gekommen zu sein, stellte die verschiedenen Verdachtsvarianten dar – dass entweder ein Betrüger Doruntina oder Doruntina ihre Mutter und ihn, Stres, hinters Licht geführt hatte, oder dass die beiden, Doruntina und ihr unbekannter Begleiter, das Lügenspiel gemeinsam ausgeheckt hatten, oder dass es vielleicht um etwas ganz anderes gegangen war, späte Rache, eine offene Rechnung oder eine Erbangelegenheit. Weiter berichtete er über die Maßnahmen, die eingeleitet worden waren, um die Wahrheit herauszufinden, die Nachforschungen im Familienarchiv, die Kontrollen in Gasthäusern und an Furten, und verheimlichte auch nicht das Scheitern aller Ermittlungsbemühungen. Dann sprach er vom Auftauchen der ersten Gerüchte, den Klageweibern und seinem neuen Verdacht, Doruntina sei womöglich wahnsinnig und die Reisegeschichte eine Ausgeburt ihrer kranken Fantasie gewesen. Doch es trafen Abgesandte der Familie ihres Mannes ein, fuhr er fort, und so bestätigte sich, dass die Reise wirklich stattgefunden hatte, denn der Reiter, der sie zu sich aufs Pferd genommen hatte, war gesehen worden. Daraufhin seien er und die anderen Beamten des Fürstentums zu neuen Maßnahmen gezwungen gewesen, um dem Spuk endlich ein Ende zu bereiten, und diese hätten letztlich doch noch zur Ergreifung des Betrügers in der Rolle des toten Bruders geführt, und zwar im Gasthaus »Zum doppelten Robert« in der angrenzenden Grafschaft.

»Ich nahm den Mann selber ins Verhör«, fuhr er fort. »Am Anfang bestritt er alles, leugnete, Doruntina überhaupt zu kennen. Erst als ich Befehl gab, ihn der Folter zu unterwerfen, entschloss er sich zu einem Geständnis. Er stellte die Wahrheit folgendermaßen dar.«

Stres wiederholte die Aussage des Gefangenen. Erleichtertes Geflüster begleitete seine Worte. Offensichtlich waren alle dankbar für die frische Brise, die das Liebesabenteuer mit dem Hausierer in die bedrückende, fast makabre Geschichte brachte. Das Getuschel schwappte in Wellen über die Klostermauern auf das Feld hinaus wie zuvor schon Stille, Schauder und Entsetzen.

»Das war seine Aussage«, sagte Stres mit erhobener Stimme. Er wartete ab, bis die Stille wiederhergestellt war. »Das war das Geständnis des Gefangenen«, fuhr er dann fort. »Um Mitternacht ... «

Die Stille vertiefte sich langsam, doch das Murmeln in den hinteren Reihen und vor allem draußen war noch immer zu hören.

»Um Mitternacht beendete er seinen Bericht, worauf ich ... « In einem letzten Versuch, die Decke des Schweigens ganz auszubreiten, machte Stres eine weitere Pause. »Worauf ich zum Erstaunen meiner Gehilfen Befehl gab, ihn erneut zu foltern.«

Ein schwefliges Funkeln trat in Stres' Augen. Er schaute einen Moment lang auf die schreckensstarren Gesichter dort unten, dann in die finsteren Mienen auf den Tribünen, bis er überzeugt war, bei der Menge auch noch die letzten Reserven an Stille mobilisiert zu haben. Schließlich öffnete er wieder den Mund und sprach weiter.

»Ich ließ ihn erneut foltern, weil ich seinen Worten nicht traute.«

Eine Art schleppendes Erdbeben war zu spüren, obwohl

noch immer Stille herrschte. In ihm selbst war alles erstarrt. Schlag jetzt zu, trieb er sich an, zerstöre alles.

»Sieben Tage hielt er der Folter stand, doch am achten Tag rückte er dann mit der Wahrheit heraus. Das heißt, er gab zu, dass sein Geständnis eine Lüge gewesen war.«

Das Erdbeben, das er vorhin gespürt zu haben meinte, existierte wirklich, denn nun folgte, wie immer ein wenig verspätet, doch deshalb umso geräuschvoller, auch sein hörbarer Teil, und zwar in Form eines erstickten Tuschelns. Automatisch blickte er nach rechts und links, von wo er Rufe und Gebrüll erwartete, doch dort herrschte noch Schweigen. Nur die starren Mienen waren inzwischen vollends eingefroren.

»Sein Geständnis war von A bis Z erlogen«, fuhr Stres fort und wunderte sich, dass ihn niemand unterbrach. »Dieser Mensch hat Doruntina nie kennengelernt, nie mit ihr gesprochen, nie eine Reise mit ihr unternommen, nie ein Verhältnis mit ihr gehabt und sie schon gar nicht in der Nacht des elften Oktober nach Hause gebracht. Dieser Mensch ist für seine Machenschaften bezahlt worden.«

In Erwartung von etwas, von dem er noch keine genaue Vorstellung hatte, schaute Stres auf.

»Ja, er war gekauft«, sprach er weiter. »Das hat er zugegeben. Und zwar von Leuten, deren Namen ich hier nicht nennen möchte.«

Wieder legte Stres eine kurze Pause ein. Das Schweigen, das sich nun vor ihm ausbreitete, war eher ein Ersticken.

»Dieser Hochstapler spielte seine Rolle glänzend, zu Anfang, als er leugnete, Doruntina zu kennen, und auch später, als er behauptete, sie hergebracht zu haben«, fuhr Stres fort. »Doch wie viele große Betrüger verrieten ihn Kleinigkeiten. Dieser Falschspieler also, dieser angebliche Begleiter Doruntinas ...«

»Und wer hat dann diese Frau gebracht?« schrie der Erzbischof auf der Tribüne. »Der Tote?«

Stres sah zu ihm hinüber.

»Wer Doruntina gebracht hat? Ich habe die Aufgabe übernommen, diese Frage zu beantworten, und ich werde es tun. Haben Sie Geduld, Eminenz. Habt Geduld, gute Leute.«

Stres schöpfte Luft. Ihm war, als gehe ein Beben durch die Luft, denn Hunderte von Lungen saugten sich gleichzeitig mit der seinen voll. Wieder wanderte sein Blick langsam über den gefüllten Platz hinüber zu den Tribünen, zu deren Füßen mit gekreuzten Armen die Wachen standen.

»Ich wusste, dass diese Frage kommen würde«, sagte Stres. »Deshalb habe ich mich auf die Antwort sehr ernsthaft vorbereitet.« – Wieder machte er eine Pause. – »Ja, sehr ernsthaft. Meine Nachforschungen sind abgeschlossen, das Dossier ist vollständig, und ebenso vollständig ist meine Überzeugung. Ich bin bereit, gute Leute, die Frage zu beantworten, wer Doruntina hergebracht hat.«

Während der kurzen Pause, die Stres erneut einlegte, warf er Blicke in alle Richtungen, als wolle er seine Botschaft zuerst mit den Augen und dann erst mit dem Mund versenden. »Konstantin hat Doruntina hergebracht.«

Angespannt wartete Stres auf Reaktionen – Tuscheln, Gelächter, Rufe: »Zwei Monate lang wolltest du uns das Gegenteil weismachen«, Hohngeschrei, Lärmen. Doch in der Menschenmenge rührte sich nichts.

»Konstantin hat Doruntina hergebracht«, wiederholte Stres, weil er meinte, man habe ihn vielleicht nicht richtig verstanden. Doch das Schweigen hielt an, unnötig tief, wie er begriff. Das ist alles so ermüdend, dachte er, innerlich ganz starr, und atmete so tief ein, dass ihn die Brust schmerzte. Dann fuhr er fort:

»Ich werde euch das Ganze erklären, so wie ich es versprochen habe, gute Leute, edle Gäste. Ich bitte nur, habt soviel Geduld, mich anzuhören. Dann werde ich euch alles erklären.«

Jetzt nur nicht aus dem Konzept geraten, dachte Stres. Das ist vorläufig das Wichtigste.

»Ihr habt bestimmt schon früher, und wenn nicht früher, so doch wenigstens bei eurem Aufbruch hierher oder bei der Ankunft von Doruntina Vranajs ungewöhnlicher Heirat erfahren, durch die diese ganze Geschichte ausgelöst wurde. Ihr wisst vielleicht auch, dass diese Ehe nicht zustande gekommen wäre, hätte nicht Konstantin, einer der Brüder der Braut, seiner Mutter versprochen, ihr Doruntina bei jedem freudigen oder schmerzlichen Anlass zurückzubringen. Wie schnell das Leid über die Vranaj und ganz Arberien kam, das wisst ihr alle, doch niemand holte Doruntina, weil Konstantin, der sein Ehrenwort gegeben hatte, inzwischen tot war. Ihr habt sicher gehört, dass die alte Dame ihren Sohn für den Wortbruch verfluchte, und drei Wochen nach diesem Fluch kam Doruntina schließlich doch noch nach Hause. Das ist der Grund, weshalb ich behaupte und immer wieder behaupten werde, dass Doruntina von niemand anderem hergeholt wurde als von ihrem Bruder Konstantin, seinem Versprechen, seinem Ehrenwort. Eine andere Erklärung für diese Reise gibt es nicht. Es spielt keine Rolle, ob der Tote dem Grab entstiegen ist oder nicht. Es ist auch nicht wichtig, welcher Reiter in der finsteren Nacht des Aufbruchs welches Pferd sattelte, welche Hände die Zügel hielten, welche Füße in den Steigbügeln steckten und auf welche Haare sich der Staub der Reise legte. Jeder von uns ist an dieser Reise beteiligt gewesen, denn Konstantins Ehrenwort, das Doruntina herbeiholte, wurde hier geboren, unter uns. Genauer müsste ich sagen, dass Doruntina, als Konstantin sie brachte, von uns allen gebracht wurde, von unseren Toten, die dort bei der Kirche ruhen, von euch, die ihr hier seid, von mir ... «

»Ach, von dir?!« schrie der Erzbischof herüber. »Gibst du endlich zu, dass du an dieser Schändlichkeit beteiligt warst!«

»Wir alle ... «, versuchte Stres das Wort zurückzuerobern, doch die Stimme des Bischofs beherrschte alles.

»Sprich für dich selber!« rief er. »Und wenn wir schon dabei sind, hätte ich gerne gewusst, wo du zwischen dem dreißigsten September und dem dreizehnten Oktober warst. Rede!«

Nichts regte sich in Stres' Miene, doch er war kreidebleich.

»Antworte, Hauptmann!« rief jemand.

»Ja, ich antworte«, sagte Stres. »In der betreffenden Zeit hatte ich einen geheimen Auftrag zu erledigen.«

»Aha, schon wieder ein Geheimnis!« rief der Erzbischof. »Wir wollen endlich die Wahrheit wissen. Also, was war das für ein Geheimauftrag?«

»Wir pflegen sie zu vergessen, wenn sie erledigt sind«, erwiderte Stres. »Mehr sage ich nicht.«

Das Raunen in der Menge, das von den Mauern zurückbrandete, wollte sich diesmal lange nicht legen. Stres schluckte.

»Ich bin noch nicht fertig, gute Leute. Ich würde euch und besonders den Gästen, die von weither gekommen sind, gerne etwas erzählen von dieser sublimen Kraft, die sich über die Gesetze des Todes hinwegzusetzen vermag.«

Wieder schluckte Stres. Sein Mund war ausgetrocknet, und es bereitete ihm Mühe, Worte zu formen. Trotzdem fuhr er fort. Er sprach vom Ehrenwort und seiner Bedeutung für die Arberier. Beim Reden sah er, wie sich jemand mit etwas Schwerem in der Hand, vielleicht einem Stein, aus der Menge löste und auf ihn zukam. Fängt es schon an?, dachte er, und unter der Pelerine berührte sein Ellbogen den

Knauf des Schwertes. Doch als der Mensch näher kam, sah Stres, dass es einer der Radhasöhne war und dass er nicht einen Stein zum Werfen in der Hand hielt, sondern einen Krug mit Wasser.

Stres lächelte, nahm den Krug entgegen und trank.

»Ich möchte euch zu erklären versuchen, weshalb dieses neue geistige Gesetz unter uns entstanden ist und sich nun ausbreitet«, fuhr Stres fort.

Er sprach über die schwierige Situation auf der Welt. Diese sah einer düsteren Zukunft entgegen. Kleine und große Staaten, Religionen und Sekten, Völker und Rassen, lebende und tote, lagen sich ständig in den Haaren, übten Druck aus, schlugen aufeinander ein, schmiedeten Ränke! Und inmitten dieses tosenden Ozeans trieb der Staat der Arberier auf den Abgrund zu.

Stres hob die Stimme.

»Wenn ein Unwetter naht, versuchen die Völker sich zu schützen, und wenn die Mittel dazu nicht ausreichen, schaffen sie sich neue. Wer nicht erkennt, welch dramatische Entwicklungen Arberien bevorstehen, ist mehr als kurzsichtig. Irgendwann brechen sie über uns herein, wenn wir nicht schon mitten darin stecken. Es stellt sich also die Frage: Wie müssen die Menschen Arberiens beschaffen sein, wenn sie den Klimasturz auf der ganzen Erde, diese Zeit schrecklicher Verbrechen, des Verrats und der Ehrlosigkeit überstehen wollen? Sollen sie sich einrichten mit dem Übel oder Widerstand leisten? Oder anders ausgedrückt: Sollen sie ihr eigenes Gesicht hergeben, nur damit die neue Maske passt, oder sollen sie es zu wahren suchen? Ich bin ein Diener des Staates, deshalb ist mir gleichgültig, welche persönlichen Gesichtspunkte bei Konstantins Reise mitgespielt haben. Jeder von uns, ob einfacher Untertan oder Regierender, Caesar oder Christus, birgt in sich unergründliche Rätsel. Ich als

Mann des Staates spreche von dem, was für alle gilt, für alle Arberier. Ihnen steht eine Zeit der Prüfungen bevor, und sie werden zwischen Gesicht und Maske zu wählen haben. Doch dass unser Volk solch sublime Strukturen wie das Ehrenwort zu entwickeln imstande war, zeigt, dass es schon auf dem Weg ist, das Problem auf seine Weise zu lösen. Arberien wird sein eigenes Gesicht behalten, und zwar nicht, das ist besonders wichtig, indem es sich wie ein Tier in die Wildnis flüchtet, sondern indem es sich mit der Welt vermählt. Um den Arberiern und allen Menschen diese Botschaft zu überbringen, erhob sich Konstantin vom Grunde des Grabes, in das man ihn hinabgesenkt hatte.«

Wieder blickte Stres über die Menge der Zuhörer vor ihm, dann auf die Tribünen zur Rechten und zur Linken.

»Doch es ist nicht leicht, diese Botschaft zu akzeptieren«, fuhr er fort. »Sie verlangt Opfer, über Generationen hinweg, die schwerer wiegen als das Kreuz Christi.«

»Und nun bin ich am Ende meiner Rede angelangt«, wandte sich Stres der Tribüne zu, auf der die fürstlichen Abgesandten saßen. »Hinzufügen möchte ich nur noch Folgendes: Da das, was ich hier vorgetragen habe, mindestens zum gegenwärtigen Zeitpunkt mit meinem Amt unvereinbar ist, erkläre ich hiermit meinen sofortigen Rücktritt.«

Stres griff nach dem auf der linken Brustseite seiner Pelerine befestigten Abzeichen mit dem weißen Ziegengehörn, riss es mit einem Ruck ab und ließ es auf den Boden fallen.

Dann stieg er wortlos die hölzernen Stufen hinab und durchquerte, ohne nach links und rechts zu schauen, die Menge, die ihm in einer Mischung aus Ehrerbietung, Furcht und Entsetzen eine Gasse öffnete.

Von diesem Tag an wurde Stres nie mehr gesehen. Weder seine Gehilfen und Vertrauten noch seine Frau konnten oder wollten sagen, wo er sich aufhielt.

Die Tribünen und das hölzerne Podium im Alten Kloster wurden nach und nach abgebaut, Träger brachten die Balken und Bretter fort, und bald war im Innenhof keine Spur mehr davon zu entdecken. Doch von Stres' Worten ging keines verloren. Mit unglaublicher Geschwindigkeit verbreiteten sie sich von Mund zu Mund und von Dorf zu Dorf. Man flüsterte, Stres sei wegen seiner Rede in den Kerker geworfen worden, doch das stimmte nicht, wie sich bald herausstellte. Man glaubte ihn gesehen oder doch mindestens das vertraute Hufeklappern seines Pferds gehört zu haben. Andere waren sich ganz sicher, dass sie ihn auf der Großen Straße des Nordens erkannt hatten, obwohl es dämmerte und auf seinem Haar bereits eine Staubschicht lag. Man kann ja nicht wissen, sagten die Leute. Gott, was nicht alles möglich ist! Und einer fuhr mit der zitternden Stimme eines Fröstelnden fort: Manchmal überlege ich mir, ob er nicht selbst Doruntina hergebracht hat. Schau an, rief sein Gefährte, was du nicht sagst!

Warum wunderst du dich? meinte der Erste. Ich für meinen Teil wundere mich seit dem Tag, an dem sie zurückkam, über gar nichts mehr.

Wie nicht anders zu erwarten, begann der alte Streit um das nahe oder ferne Heiraten nun aufs Neue. Die Anhänger der Nähe schienen allmählich wieder die Oberhand zu gewinnen, doch ihre Gegner gaben noch lange nicht auf. Die Reise des Toten interpretierte jede der Parteien auf ihre Weise. Die Fernler betonten vor allem die Einhaltung des Ehrenworts und erhoben Konstantin zum Bannerträger der entfernten Ehe. Die Gegenpartei indessen nannte seine Reise einen Bußgang, was heißen sollte, dass er sich aus dem Grab ja nur erhoben hatte, um einen Fehler in Ordnung zu bringen. Stimmen, die eine dritte Position verfochten, waren seltener zu hören. Für sie vereinigten sich in Konstantins Weg die Gegensätze, also Nähe und Ferne, und Konstantin sei dabei so qualvoll hin- und hergerissen gewesen wie bei der Versuchung zum Inzest.

Die Idee der nahen Heirat gewann weiter an Boden. Die betrübliche Geschichte der Marije Matrenga wurde immer häufiger angeführt. Allerdings nahm, gleichsam zur Wahrung eines fatalen Gleichgewichts, das sinnlose Herumirren des blöden Paloka im Dorf ebenfalls wieder zu.

Als die bedauernswerte Missgeburt eines Morgens getötet aufgefunden wurde, begriff man nach anfänglicher Lähmung bald, dass seine Mörder niemals würden dingfest gemacht werden können. Wie stets wurde der Vorfall unterschiedlich erklärt: Die Fernler verdächtigten Palokas eigene Leute der Tat, also die Anhänger der nahen Heirat, die sich auf diese Weise eines wandelnden Gegenbeweises hätten entledigen wollen. Die dieserart Beschuldigten wiederum beharrten darauf, die Untat könne nur von den Fernlern begangen worden sein, um zu demonstrieren, wie blutig entschlossen sie waren, ihre dem Untergang geweihte Idee zu verteidigen.

Doch wie schon in anderen Fällen, als die Ermordung eines Idioten, niemals aber eines Hundes, letztlich zu dauerhafter Versöhnung geführt hatte, ließ auch jetzt die Spannung zwischen den beiden Parteien fast schlagartig nach.

Man war bereit zu glauben, die Zeit arbeite für die nahe Heirat, als etwas geschah, das vielleicht in jeder anderen Jahreszeit verstanden worden wäre, niemals aber mitten in einem Winter wie diesem: Ein Mädchen aus dem Dorf wurde weit weg in die Ehe gegeben. Den Menschen verschlug es fast die Sprache, als sie von dieser neuen Doruntina hörten. Hatte denn nicht das ferne Heiraten eben erst einen fatalen

Rückschlag erlitten? Nach den bestürzenden Ereignissen der letzten Zeit war allgemein erwartet worden, die Familie des Mädchens werde das bereits seit längerem bestehende Verlöbnis lösen oder doch wenigstens die Hochzeit aufschieben, doch dem war nicht so. Die Hochzeit fand am vorgesehenen Tag statt, die Schwäger kamen aus ihrem Heimatort, der sechs, wie die einen meinten, oder acht Tagesreisen, wie andere behaupteten, entfernt lag, und nachdem sie gegessen, getrunken und gesungen hatten, nahmen sie die junge Braut mit sich heim. Von der Kirche bis zur großen Kreuzung begleitete sie fast das ganze Dorf, wie einst die unselige Doruntina, und beim Anblick der Braut, die unter ihrem weißen Schleier ebenso neblig schön wirkte wie diese, überlegten wahrscheinlich viele Leute, welches Gespenst sie wohl in einer finsteren Nacht an der Schwelle des Elternhauses abliefern würde. Doch wie sie so auf ihrem Schimmel saß, schien ihr nicht im Mindesten bange zu sein, so dass ihr die Leute kopfschüttelnd nachschauten und sagten: Guter Gott, vielleicht gefällt es ihnen ja sogar, den heutigen Bräuten! Vielleicht macht es ihnen Spaß, im Arm von Gespenstern durch Dunkelheit und Nichts zu reiten!

Ismail Kadare
Der Anruf
Untersuchungen

Eines der großen Rätsel des 20. Jahrhunderts und das Lebensrätsel Ismail Kadares

1934: Moskau ist ein Labyrinth aus Angst und Verrat. Jeder kann jederzeit verhaftet werden. Auch Ossip Mandelstam, dessen gegen Stalin gerichtetes Gedicht keiner lesen darf, das aber alle kennen. Da ruft Stalin selbst Pasternak an. Drei Minuten dauert das legendäre Telefonat zwischen Diktator und Dichter. Stalin fragt, ob Pasternak Mandelstams giftige Verse kenne. Ja oder nein, jede Antwort führt in eine Falle und entscheidet über Mandelstams Leben oder Tod. Bis heute ist es ein Rätsel, was Pasternak in diesen drei Minuten sagte: Warum konnte er Mandelstam nicht retten?

Aus dem Albanischen von Joachim Röhm
154 Seiten, gebunden
978-3-10-397633-5

Weitere Informationen finden Sie auf
www.fischerverlage.de